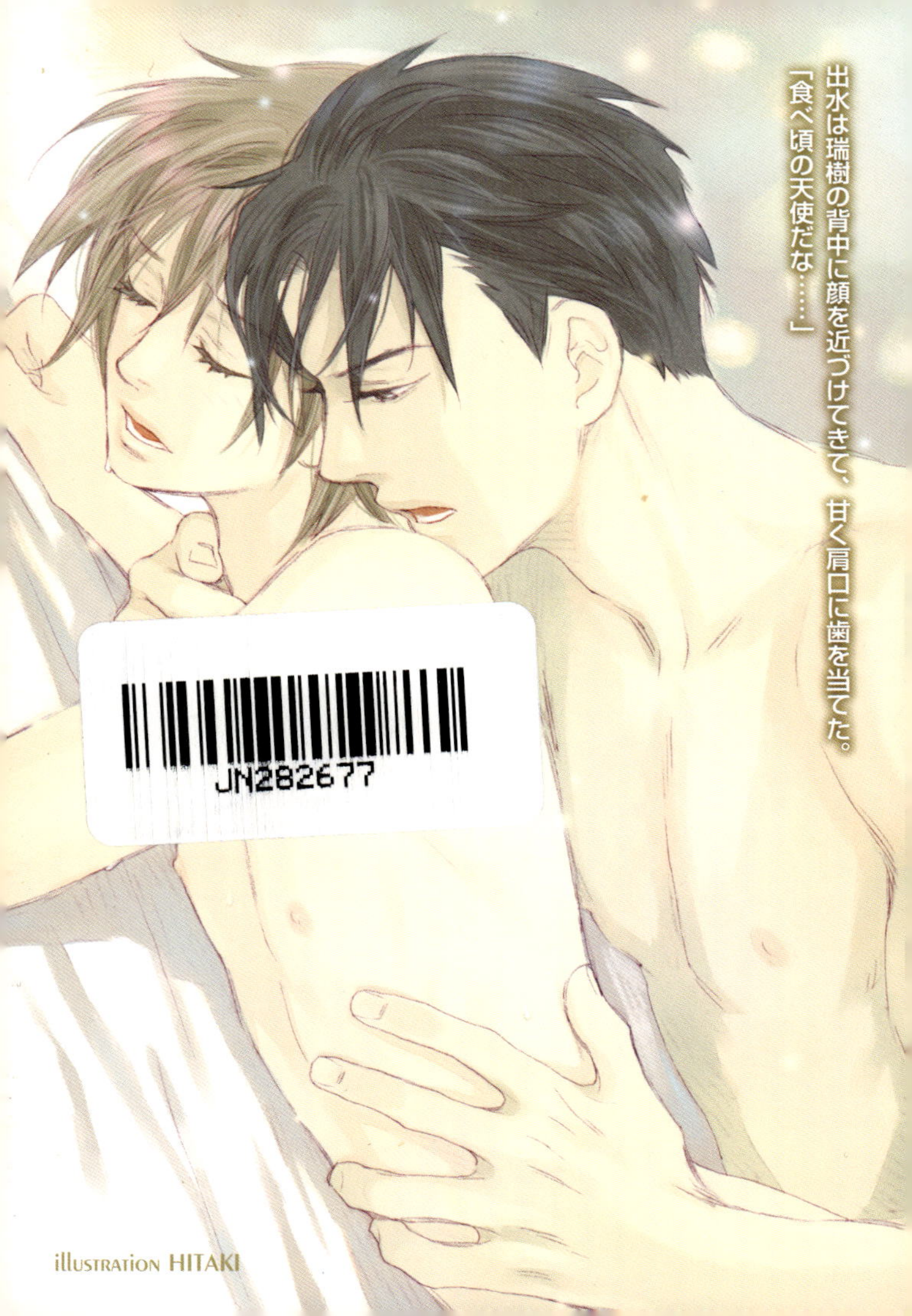

出水は瑞樹の背中に顔を近づけてきて、甘く肩口に歯を当てた。
「食べ頃の天使だな……」

illustration HITAKI

その刑事、天使につき

Angelically of the detective

剛しいら

SHIIRA GOH presents

KAIOHSHA　ガッシュ文庫

イラスト★ひたき

CONTENTS

★本作品の内容はすべてフィクションです。
実在の人物・地名・団体・事件などとは一切関係ありません。

アフリカの大地に沈む夕陽は、世界一の美しさだと小川瑞樹《おがわみずき》は思っている。

ぶよぶよと膨らんで見える真っ赤な太陽が、地平線に溶け込むようにして沈んでいくのだ。すると草原は燃えているかのようなオレンジ色に染まり、木々から緑の色は失われ、ただ黒いシルエットのみになっていく。

東方は濃紺の夜空となり、星はまるで爆発したかのように、ぎらぎらと瞬きだす。夜に歩く獣《けもの》の吠《ほ》え声が時折草原に響き、日中は空を覆うように飛ぶ鳥達は、高い木の枝の上で眠り始める。

瑞樹の記憶にあるアフリカの夕暮れは、いつだって最高に美しい。

同じ地球上にあるのに、どうしてこの街の夕暮れは、こうまで人工的に作られた様々な色に溢れているのだろう。

日本の首都東京《とうきょう》の街、六本木《ろっぽんぎ》。

夕暮れが近づいた途端、街の広告塔はいっせいに輝きだし、昼より明るくなっている。

そんな六本木の交差点で、瑞樹は立ち止まった。

小川瑞樹。二十五歳。警視庁《けいしちょう》、六本木署組織犯罪対策課勤務。

百六十六センチと、男性としては小柄だ。しかもその顔立ちは、下手をすれば高校生に見えてしまうくらい可愛らしい。誰がどう見ても警察官には見えないが、れっきとした警視庁の刑事だ。

組織犯罪対策課は、暴力団や外国人の犯罪グループの摘発《てきはつ》など、かなりハードな犯罪者を相手にする課で、弱々しげに見える瑞樹でも、捕縛術《ほばくじゅつ》や銃《じゅう》の訓練は受けている。

幼少の頃より、言語学者の父に連れられて、海外を転々とした経験があった。そのため、数カ国語を話せたので、警視庁には、外国語の特別枠で入庁。外国人相手の取り調べには、通訳としても活躍している。

特に瑞樹が重用されるのは、日本でもあまり通訳のいない、アフリカの小国の言葉まで話せることだった。

『こんばんは。少し、お話してもよろしいですか?』

倍は体重のありそうな大柄な黒人に向かって、瑞樹は英語で話しかけた。けれど軽く無視されたので、今度はアフリカの言葉で話しかけてみる。すると相手は、興味のありそうな顔で瑞樹を振り向いた。

『あんた、学生? よくヤウリ語話せるね』

やはりアフリカの小国ヤウリの出身者だった。

日本人にとって、外国人の出身地を見抜くのはかなり難しい。特に黒人ともなると、ほとんどの人がアメリカ人だと思ってしまうだろう。

最近の六本木で見かける黒人が、実はアフリカ出身者がかなり多いことを日本人は知らない。彼等の出身地に興味もないせいだ。

『セールスかい？　金はない。ノーマニィ、分かる？』

大男は威嚇《いかく》するように、瑞樹を睨み付ける。

『違うんです。この人のことで、訊きたいことがありまして……彼をご存じゃないですか？』

瑞樹は数枚の写真を取りだして、男に見せた。けれど男はさっと目を通しただけで、すぐに顔を横に向けた。

『知らないな』

嘘だと瑞樹は思った。

本当に知らなければ、もっと丹念に見るに決まっている。

彼等はどちらかというと人懐っこい人達だ。特に同郷の出身者のことや、自分達のことを語れるとなると、いくらでも話し相手になってくれる。

しかもこんな時間に暇そうにしているくらいだから、時間を持て余しているだろう。相手が日本語でも英語でもなく、母国語で話しかけてくれたら、何時間でも相手をしてくれるのが普通だ。

その男のことは、話したくないから無視をする。

そうに決まっていた。

『あの、よろしければコーヒーくらいご馳走しますけど』

コーヒーを奢るのは自腹だ。中には図々しく、食事までオーダーするやつもいる。それを覚悟で頼んだのに、大男は連れと一緒に歩きだしてしまった。

『待ってくれ。僕はこういう者なんだが』

瑞樹はスーツのポケットから、警察手帳を取りだす。本当はこんなものをちらつかせて、話を引きだすなんてしたくない。警察官だと知られたら、この街での潜入捜査に支障をきたす。

けれど今は急いでいた。少しでもこの写真の男、アリヤ・ムンタイのことを知りたかった。

『知らないよ。そんなやつは見たこともない』

『知ってるんだろ』

足早に瑞樹は追いかけたが、相手は細い道に入る直前、瑞樹の体を突き飛ばして逃げだした。

『待ってくれっ』

体勢を直して走りだす。けれど彼等は俊足で、必死になって追っているのにいつの間にか見失ってしまった。

「どこに消えた？」

裏通りに入ると、坂道の多い街だ。あれだけの巨体だから、すぐに目に入ると思っても、そうはいかない。急な坂を駆け下りてしまうと、瑞樹の位置からは姿が見えなくなってしまう。

まんまと逃げられてしまって、瑞樹は坂の途中で息を整えた。

「あーあ、失敗しちゃった。まだまだ駄目だな」

やはり先輩刑事と一緒になって行動すべきだった。単独行動は危険を伴うから、瑞樹には無理だと言われていたのに、ついやってしまった。

反省しながら瑞樹はとぼとぼと歩きだす。

担当している容疑者、アリヤの無実を証明したい。麻薬所持と殺人の嫌疑で逮捕されたが、どう考えてもはめられたとしか瑞樹には思えないのだ。

物的証拠があるだけに、このままではアリヤは有罪になってしまう。そうなると母国に強制送還されても死刑になってしまうだろう。

「どこかに真犯人がいる筈なのに」

坂を登り切ると、目の前に東京タワーがあった。

子供の頃から見慣れているその姿に、瑞樹は改めて目を向ける。

今はオレンジ色にライトアップされている東京タワーだが、イベントや季節で微妙にライトの色が変わっているのを、ほとんどの人が知らない。夏にはクールな印象のシルバーライトを使い、他の季節はオレンジ色なのだ。

「本当は何があったのか、知りたいんだ。見てなかった?」

訊いたところで、東京タワーが答えてくれる筈もない。

瑞樹は大きくため息をついて呟く。

「一つため息をつくと、十五の不幸が訪れる……違ってたかな」

不幸を撃退するためには、笑えばいい。けれど今の瑞樹は、とても笑える気分ではなかった。

麻布十番《あざぶじゅうばん》の駅を出て、東麻布の方向に向かって十分ほど歩く。周辺は静かな住宅街で、古い家も多い。この道がいつもの瑞樹の通勤コースだ。

瑞樹が辿り着いた家は、映画のセットで使えそうな古びた家だった。

「ただいま」

玄関の格子戸を開き中に入ると、厳重に鍵を掛ける。最近はこの辺りも物騒になったからだ。

この家にいるのは、八十になる祖母と母だけだ。男は瑞樹しかいない。帰りが遅くなると、必ず連絡をいれるようにしているが、それでも何かあったらといつも心配だった。

「お帰りなさい」

ほっそりとした、美しい女性が瑞樹を玄関で出迎える。母親の瑞音《みずね》だ。とても瑞樹のような年齢の息子がいるとは思えない、若々しく美しい母親だった。

こんな美しい母を残して、言語学者の父、芳樹《よしき》は三年前にアフリカで行方不明になってしまった。仕事柄、現地で迷子になっても困らない筈だ。それなのに三年も音信不通になるということは、何らかの事故に巻き込まれたと考えるほうが自然かもしれない。

諦めきれない瑞樹の家族は、今でも無事を信じて帰りを待っている。

瑞樹はこの家の長男として、芳樹が戻るまで家をしっかり守ろうと決意していた。

「今日も一日、ご苦労様でした」

書家である瑞音は、今の時代に滅多《めった》に見かけなくなった、日本人女性のたおやかさを身につけている。両手を前に合わせて、息子の瑞樹に対して優雅に挨拶する姿は、何ともいえない風情があった。

瑞樹はこの美しい母が大好きだから、とても大切にしている。けれどこういう男のことを、世間ではマザコンと呼ぶらしい。

何と言われようと、母以上の女性なんて、瑞樹はまだ会ったことがない。そのせいか二十五歳にもなって、恋愛経験はゼロだった。

「ただいま帰りました。何かおかしなことありませんでしたか？　近頃はこの辺りもいろいろと危ないから」

「大丈夫よ。今日も静かな一日だったわ。そうそう、写経《しゃきょう》の会の皆様がね、あなたにとても興味を持たれたご様子だったの。そのうち釣書《つりがき》でも回ってくるかしら」

「結婚なんて、まだまだ出来ませんよ」

ダイニングルームまで、二人はゆっくりと歩く。瑞樹は母の着けているトワレのふんわりと甘い香りに、幸せな気分を味わった。

「今夜のご飯は何ですか？」

「とてもいい鰹《かつお》があったから……あら、お義母様《かあ》、もうお食事は済みましたでしょ」

すでにダイニングルームの席には、祖母の八千代《やちよ》が座っていた。息子の芳樹が行方不明になったショックからか、八千代は時折おかしな行動を取ることがある。瑞樹にとっても、悲しいことだった。

「いいのよ、瑞音さん。お茶だけでもご相伴《しょうばん》しないとね。我が家の大事な旦那《だんな》様が、仕事から帰ってきたんだから」

言うことはまともだが、夕方の六時には先に食事を済ませているくせに、八千代は瑞樹と一緒に食事をもう一度するのだ。

瑞樹にも瑞音にも、それを止めることは出来ない。何かで心の空域を埋めないといられないのは、皆、同じだったからだ。

食卓には、新鮮な鰹の刺身《さしみ》が出された。それに筍《たけのこ》と鶏肉の煮物や、しゃきっとした春キャベツの漬け物などが出される。本来なら瑞樹が六時に帰宅して、祖母と同じ食卓を囲めば済む。けれど仕事は思ったより多忙で、夜の九時前に帰れることはまれだった。

アリヤの無実を、今日も証明出来なかった。警察で担当出来るのは三日間。それを過ぎると、特別なことがない限り検察送りになってしまう。

検察官を信頼しない訳ではないが、担当する警察官によっては、言葉もよく分からない外国人の無実を証明するために、どれだけ力を注いでくれるか不安だ。

助けるとアリヤに約束した。黒い円《つぶ》らな瞳のアリヤは、瑞樹だけを信頼している。なのに瑞樹に出来ることは、ここまでなのだろうか。

今夜も引き継ぎのために、膨大な調書を整理しないといけない。もうそれだけしか、瑞樹がしてあげられることはなくなってしまった。

気落ちしているせいか、食事も進まない。その様子に、瑞音はすぐに息子の辛さを理解した。

「アフリカの方、有罪になってしまうのかしら?」

ご飯のお代わりを示したけれど、瑞樹がいらないと答えた途端に、瑞音の口から心配そうな声が漏れた。

「瑞樹さん、辛いんでしょうね」

「大丈夫です。これも仕事ですから。それに僕は、検察を信じてますから」

アリヤは就業ビザが切れるまで、後二週間というところで事件に巻き込まれた。

勤務していたアフリカンレストランでの仕事を終えて帰った自宅に、見知らぬ男の死体が転がっていたのだ。しかも部屋には、アリヤが見たこともない袋があって、中には少量の大麻樹脂《たいまじゅし》が入っていた。

そんな事態に遭遇した時は、現況をそのまま保存して警察を呼ぶべきだ。ところが何も分からないアリヤは、死体とは知らずに男を助けようとして、ナイフに手を掛けてしまった。

それだけではない。大麻樹脂の入った袋にまで、丁寧に指紋《しもん》を付けまくったのだ。殺された男の身元は、すぐに分かった。サウラ・モイヤ。アリヤと同じアフリカのヤウリの出身者だが、あろうことかサウラは、かつて戦争もしたことがあるアリヤとは敵対している部族の出身者だった。

アリヤの勤務先のレストラン関係者によると、アリヤは正直者でそんなことをとてもするように思えないと言う。確かに瑞樹から見ても、敵の部族出身者とはいえ、何とか助けようとして死体に触れてしまったと思うほうが納得出来た。

状況証拠というやつが、アリヤを犯人だと追いつめる。

いくらアリヤが知らない男だと主張しても、警察の先入観を翻すのは難しい。

以前、六本木の路上でヤウリ出身者達が喧嘩《けんか》になって、何人かが逮捕された事件があった。被害者のサウラは、その時に一度逮捕されている。

あの時の喧嘩が元で、殺された相手に遺恨《いこん》があったのではないかと、警察関係者は疑っているのだ。

そんなことはないとアリヤは主張するが、喧嘩をしていたが逮捕を逃れた男達の中に、アリヤがいなかったという証明が出来ない。

そんな事実はなかったと主張しているのは、瑞樹くらいのものだった。

「心配かけてすいません。家には、仕事を持ち込みたくないんですが」

「いいのよ。辛いときは、いつでもそう言って。あなたのそんな顔、見ているだけでは辛すぎるわ。少しでも心が晴れるんなら、何でもおっしゃい」

瑞音は優しい。その優しさに甘えたくなるが、瑞樹は無理に笑顔を浮かべた。

「捜査上のことは、家族にも話してはいけないんです。それに明日には検察送りになってしまって、僕の手から離れてしまいますから」

犯人としてアリヤが逮捕されて、証拠も挙がっている。そうなると警察がアリヤの身柄を預かれる期間は、最大でも七十二時間だ。その間に真犯人が見つかればいいが、そんな簡単にはいかない。

瑞樹がヤウリ語を話せると知って、アリヤは必死になって真実を告白した。そのすべてを瑞樹は信じたが、どうして信じたかは言葉で説明のしようもない。

目が澄《す》んでいたとか、嘘を吐きそうにないとか、そんなことで警察は納得してくれないのだ。けれどアフリカで幼少時を暮らした瑞樹には分かる。彼等は決して嘘つきな民族ではない。むしろ嘘を恥とする民族なのだと、瑞樹はよく知っている。

それを伝えきれない自分が歯がゆい。

「ご馳走様でした……こんな時はお父さんがいてくれたらなって、少し思うな。僕じゃ、彼等の間にすんなり入って、話を聞くことも出来ないから」

どんなに好戦的な部族でも、父の芳樹には決して攻撃してこなかった。平気で嘘をつくような部族でも、芳樹には嘘をつけなかった。

父にはそんな不思議な魅力がある。誰をも虜にしてしまう、話術の天才だった。

同じように語学に優れていても、瑞樹にはまだ人の心を捕らえることまでは出来ない。犯罪というただでさえ厄介な問題を扱うのに、言葉の限界があるのが悔しかった。

「瑞樹、もう終わりかい。あたしはまだ終わってないよ」

祖母はご飯のお代わりをしようとして、瑞音に軽く窘《たしな》められている。祖母は瑞音の言うことだと聞かないから、瑞樹は代わって言ってやった。

「お祖母ちゃん、今日のご飯はもう終わり。そんなに食べ過ぎると、お父さんが帰ってきた時に、太りすぎて誰だか分からなくなっちゃうよ」

瑞樹の言葉に、祖母は驚いたように箸《はし》を下ろす。

けれど明日になれば、また同じことを繰り返すのだ。

部屋に戻った瑞樹は、入浴するために着替えの準備をする。

箪笥《たんす》の中には、丁寧に畳《たた》まれた下着とパジャマが整然と並んでいた。書家として忙しい日々を過ごしながらも、瑞音のすることはいつだって完璧だ。この快適さに慣れてしまったら、結婚してこの家を出ていくなんて、瑞樹には想像もつかない。

それではいけないというのも、よく分かってはいる。瑞音が最近、生徒さんでもある知り合いのご婦人方に、それとなく瑞樹のことを話しているのを知っていた。瑞音としては、そろそろ結婚して欲しいと思っているのだろう。

あの素晴らしい母親以上に、好きになれる相手なんて想像も出来ない。

だがこのまま母親だけを愛して生きていても、ただ不毛なだけだと瑞樹自身が一番よく分かっていた。

『ミズキさん。駄目でしたか？』

翌日、アリヤを拘置所に送る手続きを終え、その説明をしにいくと、真っ先に言われた言葉がそれだった。

『駄目って……』

『私は、駄目なんでしょ？　死刑ですか？』

『そんなことはないよ。今からは、検事っていう人が、アリヤのことをもっと詳しく調べてくれるんだ』

『でも言葉、分からないよ。ミズキさんみたいに、ヤウリ語、話せる人、日本にほとんどいない』

移動のために手錠を掛けないといけない。心苦しく思いながら、瑞樹はアリヤの手に手錠《じょう》を嵌《は》めた。

『私、やってないよ。サウラを弄《いじ》ったの悪かった。それは認めます』

『大丈夫。心配しなくても、検事さんはいい人だから。弁護士も用意する』

担当する検察官がどんな人間か、瑞樹にも分からない。一度でも話したことのある相手だったら安心して引き継げるが、今度の担当検事のことは何も知らなかった。

六本木警察署から、検察庁へと移動する。護送車《ごそうしゃ》といっても警察のバンで、一見すると犯罪者を移送しているようには見えない。アリヤは車中の座席に座り込むと、涙を浮かべた目で窓外を過ぎる六本木の街を見つめていた。

『日本、いい国。私、ずっとそう信じてた。けど、ひどい、こんなことになるなんて』

瑞樹にはもはや掛ける言葉もない。

いい国なんだと、強く主張することも出来なかったのだ。

車は霞ヶ関《かすみがせき》を抜けて、日比谷公園《ひびやこうえん》側の東京検察庁へと向かう。ごみごみした繁華街を抜けて、手入れのされた植樹が青々と茂る官公庁街に入ると、目にするものの印象は大きく変わった。

アリヤはこれから検察庁で、検事から事件の取り調べを受けるのだ。刑事の瑞樹がついていてあげられるのもここまでだと思うと、瑞樹も悲しくなってしまう。

拘置所にアリヤを連れていくと、瑞樹はもう一人の担当刑事の前崎《まえさき》と共に、検事のいる部屋に向かった。そこで引き継ぎが行われる。

「失礼します。六本木警察署、今犯担当、前崎と小川です」

検事を前にして、二人は頭を下げる。

「どうぞ、座って」

テーブルを挟んで向かい合う形で、担当検事と初めて対面した。

瑞樹は少し動揺してしまった。なぜなら目の前にいる検事は、一部の隙もない完璧な男に思えてしまったからだ。

長身なのは座っていても想像がつく。紺色のスーツ姿がびしっと決まっていて、上着の肩がしっかりと張っている。見ているだけで力強さを感じさせる体だ。

真っ黒な髪は、綺麗に整えられている。襟足はすっきりと刈り上げられ、真っ白なワイシャツの襟にかかるようなことはなかった。

ネクタイは心持ち明るいブルーで、細かい水玉模様が散っている。結び目はまるで今締め直したばかりのように、きっちりとしていた。

「出水知典《いずみとものり》です。外国事犯専門ってことはないんですがね、今回、担当になりました。容疑者は英語話せるのかな」

出水は顔を上げて、当分に瑞樹と前崎を見つめる。

「英語も日本語もあまり得意ではありません。母国語はアフリカのヤウリ語です」

「ヤウリ語?」

瑞樹の言葉に、出水は形のいい眉を吊り上げた。

「失礼だが、どんな言葉なんだ?」

「語彙《ごい》数は少ないですが、論理的な会話の可能な言語です。アリヤはヤウリ語なら、かなり詳しく状況なども話せます」

つい力が入ってしまった。出水が瑞樹の言葉を信じて、適切な通訳を用意してくれることを願っていたのだ。

「……」

出水は瑞樹の言葉に返事をせず、分厚い調書を手にして目を通し始める。

どんな些細なことも、書き漏らしてはいけない。それが後々、裁判で問題になることもあるからだ。

今回のように、凶器や大麻樹脂の入っていた袋に、アリヤの指紋がしっかり付着していたからといって、簡単に真犯人だと決めつけることはしない。

前崎も出水とは初めてなのか、調書に目を通している間は一言も話さなかった。瑞樹もそうなると黙るしかない。

さらさらと紙をめくる音だけがした。その間瑞樹の目は、自然と出水を観察する形になってしまった。

指が長い。左手にリングはないから独身だろう。出水のようにきちんとした印象の男だったら、結婚していたら必ずリングをしている。

話すと高圧的にも感じるが、黙っていると知的ないい男の雰囲気が強く漂う。

黙読の速さはかなりのものだ。知的なのは見せかけだけではなさそうだ。

神経質そうでもない。目の前の難問に対して、どっしりと構えている。書類の僅かなミスに顔をしかめることもなく、手にしたペンで要点に軽くアンダーラインを入れながら、さくさくと読み進めていた。

「で、現場を確認したのは？」

出水は突然顔を上げて、瑞樹の目を真正面から見据えた。

見られていることに気付かれただろうかと、瑞樹は顔を赤くして俯く。

「自分です」

前崎はそんな瑞樹を無視して、ずいっと体を乗りだすようにして言った。

「小川刑事は、通訳専門の特別枠なもんで。何しろ六本木警察署の管轄内は、外国人が多いですからね」

確かに瑞樹が警視庁に入庁したのは、外国語を話せるからという特別枠だった。そのため仕事はほとんどが、外国人の取り調べになる。または事件の担当刑事に同行して、情報収集時の通訳をするのだ。

一つの事件を担当するだけでは止まらない。多い時は、何件もの事件に首を突っ込むことになる。それくらい六本木署では、多数の国の言語が飛び交っていた。

「本人の証言によると、帰ってきたら部屋に怪我人がいたと思った。助けようとして、思わず刺さっていたナイフを抜いたとなってるが……住居のアパートで、殺されたのは間違いないのかな。検死報告書には……事件発覚から一時間以内の犯行と出てるが」

「現場で刺されたのは、間違いないと思います。玄関や廊下には、出血によるルミノール反応は一切ありませんでした。それと隣室の住民が、ドアの開閉の音を聞いていて、アリヤ容疑者の帰宅前は、一回だけだったと証言しています」

「では、自殺の可能性は？　あるいは別の犯人が、窓から逃亡した可能性は？　話し声は聞こえて来なかったのか……なぜ、深い付き合いでもないアリヤ容疑者の家に、わざわざ出向いたのか」

出水は矢継ぎ早に質問してきた。前崎は何から答えたらいいのか、悩んだ顔をしている。

「男の悲鳴を聞いて、様子を見に来た隣人が、ナイフを手にした容疑者を見て、慌てて警察に通報。その場で現行犯逮捕……本人は無罪を主張……」

返事がなくても構わずに、出水は納得したように軽く頷いた。

「小川刑事」

次ぎに出水は、瑞樹のことを真っ直ぐに見つめた。

「はい……」

「引き続き、アリヤ容疑者の通訳をお願いしたい。今からヤウリ語か？　それを話せる通訳を用意するのは、時間の無駄だ。それより取り調べを担当した、小川刑事が引き続き通訳してくれた方が、容疑者も話しやすいだろう」

「ありがとうございます。そうしていただけると嬉しいです」

瑞樹の返事に、出水は眉を顰めた。

「嬉しい？」

「あ、いえ、ありがたいです」

「どうしてありがたいと思うんだ」

若いのに、出水の態度は高圧的だ。同じ司法に携わる人間として、警察より検察の方が偉いなどということはないのに、この態度はどうだろう。

瑞樹はそんなことでは腹が立たないが、前崎は明らかに不愉快そうな顔になっている。

「小川刑事は、アリヤ容疑者の無実を信じてるようだが……それを証明するために通訳を引き受けたいと思っているのなら、その考えは捨てて欲しい」

「……」

「私感を交えず、的確な通訳をお願いしたいのだが」

冷淡な言い方だった。それに瑞樹は反論出来なかった。この三日間、アリヤの無実を何とか証明しようと足掻いていたのは、事実だったからだ。

「私のような者でも、協力出来るようでしたら、全力を尽くさせていただきます」

殊勝な態度で、瑞樹は頭を下げた。

「それじゃ六本木署に、小川刑事の出向要請を出しておく。明日より、私と一緒に、こちらでよろしく」

調書を手にして、出水はさらっと言うが、六本木署としても瑞樹がいなくなったら困るだろうという配慮は、一切見せなかった。

「何様って、感じだな」

引き継ぎを終えて部屋を出る時、前崎は瑞樹に聞こえるようにだけ、ぼそっと呟いた。

瑞樹は否定も肯定もしなかった。たとえ出水がどんな男でも、冷静にアリヤを助けてくれるようなら、それでいいと思ったのだ。

翌日からは東京地検の取調室で、出水の取り調べを手伝うことになった。

「瑞樹さん、お顔が怖いですよ。どんな気むずかしい方がお相手でも、あなたが笑っていれば、場の雰囲気が和みます。笑顔を忘れないで」

出がけにハンカチと靴べらを手渡しながら、瑞音は優しく言う。

「すいません。初めて一緒に仕事する相手なんで、緊張してるんです」

私感を交えるなと言われたことが、瑞樹の中で微妙に尾を引いている。正確に翻訳して伝えたとしても、出水はアリヤの証言を曲解しないだろうか。

「はい、お弁当」

「ありがとう」

手渡された弁当は、まだぬくぬくと温かく、ポケットにしまわれたハンカチは皺《しわ》一つなかった。

こんな素晴らしい妻がいるのに、どうして父の芳樹は一年の大半をアフリカで過ごしたのだろう。しかも最後は現地で行方不明になってしまうなんて、言語学者とはいえ、あまりにも自分勝手な生き方に思える。

父の分まで、母を幸せにしてあげたいと思う。そのためにも、朝から暗い顔など見せたくはなかったが、出水という人間が全く分からない。

家を出たものの、気分は重かった。

六本木署には行かず、メトロに乗って東京地検に向かう。何度か足を運んだ場所だから、迷うようなことはなかったが、やはり通い慣れた六本木署に行くのとは緊張感が違った。

物々しい警戒態勢の地検に着くと、驚いたことに入り口で出水がすでに待っていた。

「おはようございます」

「ああ、おはよう。朝食は？」

「食べてきましたが」

「……なら、コーヒーだけでも付き合え」

「はっ、はい」

職員用の休憩室に、出水は迷うことなく進んでいく。瑞樹は大股で歩く出水の後を、小走りに追いかけていった。

コーヒーの自動販売機を前にして、出水は立ち止まる。

「何がいい？」

小銭を出そうと焦る瑞樹を無視して、出水は先にスイッチにもう指を添えている。どうやらかなり気が短いらしい。指先はいらいらと様々なスイッチの上を動き回っていた。

「カフェオレで」

「……」

言ってから一秒も経っていないのに、出水の指はもうスイッチを押していた。

「そっちの隅に座って」

紙コップに入ったカフェオレを手渡すと、出水は近くの席を示す。そうしている間にも、自分用のコーヒーをもう買っていた。

猫舌の瑞樹は、カフェオレをテーブルに置いたままでまだ口にはしなかった。そして財布からカフェオレの代金を出して、出水が座ると差しだした。

「いちいち気にしなくていい」

出水は手にしていたバックの中から、どうみても今買ってきたばかりといったサンドイッチの包みを開き、慌ただしく食べ始めた。

「出水検事は、お一人で暮らしていらっしゃるんですか？」

「……ああ……」

口を閉じたままで、出水は低く呟く。そして瑞樹の前に、綺麗な字で書かれたメモを差しだした。

「これ、食べてる間に、そこに書かれていることに答えてくれ」

「えっ、あっ、はい……ヤウリについてですか？」

「調書に余計な私感を書いたのは君だろ。国民性だか、民族性だか知らないが、嘘を吐かない人間なんていない。ヤウリの人間だけは特別なのか？」

出水の冷たい言い方に、瑞樹はむっとした。そこで書かれているメモを、もう一度改めて見ながら質問に答えた。

「ヤウリのサマンダラ族というのが、アリヤ容疑者の出身部族です。彼等は非常に誇り高い部族で、嘘を恥としています」

「そんなことどこで聞いた。言っておくが、机上の学習と、生の人間とは違うんだぞ」

「ぼ、僕は、実際にヤウリで一年間、生活した経験があるからです」

中学生までは、父に連れられて世界中を旅した。学校の勉強があるからと母は反対したが、瑞樹は今ではそんな経験をさせて貰えたことを感謝している。

「嘘を恥と感じない国もあります。世界にはいろいろなものの考え方をする人達がいますが、かつての日本人がそうだったように、ヤウリの人間は嘘が吐けないんです」

「犯罪者になれば死刑だ。自分の身を守るために、嘘くらい吐くだろう。しかも容疑者は、日本での生活も三年目だ。日本式の考え方をしているかもしれない」

何て恥ずかしい話だろう。日本人は平気で嘘をつくと、出水は確信しているのだろうか。

「殺人事件の容疑者に対して、嘘をつけない国民だから無実の可能性があるなんて、堂々と調書に書くんじゃない。君の上司は、よくこれで認めたな」

「……」

出水の冷たい言い方に、瑞樹は久しぶりに怒りを覚えた。

言葉も通じない異国の人間と接する時は、決して怒るなと父には教えられた。怒りは冷静さを奪い、トラブルの元になる。国民性の違いから、理解されないことだってあるし、人種が違えばそれだけで敵対視されることもあるのだ。

いつも笑っていろと母も言う。笑顔は何よりもの財産と教えられた。

そうやって育ったせいか、瑞樹は滅多に怒るということをしない。出水のように、誰がどう見ても不機嫌といった様子をしたことなど、これまで一度もなかった。

「上司は佐竹《さたけ》部長か？　聞くところによると、調書にもまともに目を通さないらしいが」

それは事実だったが、瑞樹はそれが普通なのかと疑いもしなかったのだ。

「カフェオレ、冷める」

突然出水は、指先でカフェオレの紙コップを示した。

「猫舌なんです」

「甘やかされて育ったのか？　ここが戦場だったら、君は飢え死にするタイプだな」

出水の口元が釣り上がった。明らかに小馬鹿にして笑ったのだ。

何て失礼なやつだと、瑞樹は大きな目をさらに大きくして出水を睨み返した。

「俺に対して怒っても無駄だ。失礼な態度を取るのはいつものことなので、覚悟したほうがいい」

瑞樹の心中を見抜いたように、出水はさらっと口にした。

「じゃあ誰が、被害者のサウラ・モイラを殺したんだ。俺が納得する説明が、君に出来るか？」

「それが出水検事のお仕事だと思いますが」

「そうだな。俺がこの事件を裁判所へ送致と決めれば、アリヤ容疑者は判決を受けることになる。今の段階では、勝つのは難しい」

畳みかけるようにして、出水は早口で話し続ける。

瑞樹はたくさんの言語に通じているが、日本語というのは実に厄介だと思った。

出水がこの調子で喋り続けるのを、どうやって語彙の少ないヤウリ語に訳して伝えればいいのだ。

アリヤはこんなに攻撃的に話す出水を前にしたら、萎縮《いしゅく》してしまって思っていることの半分も言えなくなってしまうだろう。

「出水検事……」

「出水でいい」

「では出水さん。失礼ですが、いつもそんな口調で話されるのですか？　それは検事として、相手を威嚇をするためなんでしょうか？」

「……」

出水はその一言で押し黙る。不思議なものを見るようにして、瑞樹を見ていた。

瑞樹がカフェオレを一口も啜らないうちに、出水はサンドイッチを食べ終え、コーヒーまで飲み終えてしまっている。瑞樹は慌ててまだ少し熱いカフェオレを飲んだ。

「君だって裁判を傍聴《ぼうちょう》した経験はあるだろ。検事が熱弁を奮う場面を見たことがないのか？　俺の口調はいつでも裁判と同じだよ」

「傍聴経験なら何度もありますが、それは裁判という特殊な場面です。僕はあなたに協力するために出向してきました。アリヤの無実を信じているのも事実ですが、そのことで出水さんに情状《じょうじょう》酌量《しゃくりょう》などお願いしたこともありません」

「だから？　何？」

さっさとカフェオレを飲み終えて、肝心の質問に答えろと迫られているようだ。出水の指が、テーブルを叩いている様子から想像がつく。

「僕は言語学者の父に育てられました。だからかもしれないけれど、言葉をとても大切に思っています。あなたの今の話し方は、まるで喧嘩をしている時みたいで、僕は困惑しています」

「困惑ね。そんな難しい言葉を口にされると、こっちも困惑するな」

皮肉たっぷりに出水は言った。

怒るな。怒ったら、相手は話を聞いてくれない。瑞樹はそう思って、出水が苛つくのを承知でゆっくりとカフェオレを飲む。

「ヤウリの人達は、普段はとても穏やかに話します。彼等が語気を乱すのは、戦闘モードに入った時だけです」

瑞樹の脳裏に、鮮やかな極彩色《ごくさいしき》の民族衣装を纏《まと》って躍《おど》る、ヤウリの人々の姿が浮かんだ。祭りの時は、そうやって正装するヤウリの男達も、普段は普通にアロハシャツにハーフパンツ姿だ。進出してきた日本企業で働く者も大勢いて、日本人に対してはおおむね好意的だった。

彼等が怒る姿は滅多に見ない。唯一怒りを示すのは、昔から確執のある部族間の抗争の時だけだ。

そんな時には、話し声も変わる。今の出水の話し口調は、彼等が敵部族に向けて喧嘩を売る時に似ていた。

「アリヤ容疑者の前では、出来るだけ穏やかに話していただけると助かります」

「取り調べをするんだぞ。友好関係を築きたいわけじゃない。時には威圧しなければ、犯罪者は真実を晒《さら》さない」

出水は怒ったように言った。

この人はこんなに美しい外見をしていて、しかも頭もいいのだ。社会的な地位を手に入れ、仕事も充実している筈なのに、なんでこんなに苛立っているのだろうと、瑞樹は悲しい思いで出水を見つめた。

「出水さん。アフリカから一人で出てきて、一生懸命働き、二週間後には帰れるとなったら、些細な揉め事で殺人など犯すと思いますか？」

「あるだろう。出国してしまえば、逮捕されることはないと思うもんだ」

「アリヤ容疑者には、家族と婚約者が待ってるんですよ……。日本で貯めたお金を持っていけば、家を直せる。それだけを楽しみに、三年間、必死で働いてきたのに」

「ストップ」

出水は飲めと紙コップを示した。

「……」

瑞樹が少しむせながら残りを一気に飲むと、出水はさっさと紙コップを片付け始める。実に気の短い男だった。

「君は彼の家に行って、婚約者だの家族だのと会ったのか？」

テーブルの上を綺麗に片付けた出水は、落ち着いた口調で訊いた。

「いえ……実際に行ったわけでは……」

「では何を基準に、彼の話をすべて信じる？　それは警察官としては、ありえない姿勢だと思うけどね」

「口ではうまく説明出来ません。ブッシュ……草むらにライオンが隠れているのを、何ともいえない気配で気がつくようなものです」

「すべての犯罪者に対してそんな態度でいたら、いいように騙されるな。ライオンがいると見せかけて、裏からハイエナが襲いかかってくる。それが現実だ」

二人はそこで同時に見つめ合った。

どう話し合っても、出水とは噛み合わない。瑞樹は絶望的な思いで、先に視線を外してメモを読み直す。

最後まで読んだ瑞樹は、んっと呟いて眉を寄せた。

「日本国内にいるヤウリ人の交流関係……ブラックマーケット？」

「そうだ。ブラックマーケット。知ってるか」

「はい……少しは……」

「俺だって、この事件を単純な喧嘩が原因だなんて考えてない。これまで世界があまり注目しなかった、新しい犯罪勢力……ブラックマーケット。やつらが絡んでいる可能性はないだろうか」

瑞樹に言われたからか、出水の口調は静かなものになった。

アフリカの新興国の中から生まれた犯罪集団、ブラックマーケット。彼等は日本のヤクザやヨーロッパのマフィアの影に隠れながら、静かに勢力を広げているのだ。

「被害者の背景は、綺麗に洗ったのか？」

「半年前に来日して、クラブやカラオケのチラシ配りをしていたことだけ判明しています。住んでいたのは、そのクラブの寮で、日本人従業員四人と同居でした」

アリヤと敵対するドイゾ族出身のサウラは、二カ月前に路上での喧嘩で逮捕されている。その時に指紋を採取されていたから、すぐに身元は判明した。

喧嘩相手が同じヤウリの人間だったせいで、アリヤとの関係も疑われてしまったのだ。けれど瑞樹は、アリヤがサウラを知らないと言ったことを信じた。

「そんなことは調べればすぐに分かる。表に見えない部分を調べないと、別に犯人がいたらどうするつもりだ。逃げたり、証拠隠滅するための時間を与えているようなものだ」

「……出水さんは、アリヤを疑っていたんじゃないんですか?」

「検事である以上、容疑者個人を見るのではなく、事件を見る。当然だろ」

確かに当たり前のことではあるが、出水のこれまでの口調ではそう思えなかった。意外だったが、出水の冷静さに瑞樹は救われた。

もしかしたら出水は、見かけよりずっと優しい人間なのかもしれない。検事という職業柄、どうしても冷淡で攻撃的な態度になってしまうのだろうと、瑞樹は勝手に解釈していた。

「警察の初動捜査は、容疑者を実行犯としてすべて動いている。だったら容疑者が犯人でなかった場合について、捜査を進めよう。それには日本にいるヤウリ人達の交遊関係について、一から洗い出さないといけない」

瑞樹に言いたいことは伝わったと思ったのだろうか。出水はメモを引き寄せると、自分のバッグにさっさとしまった。

「昨日、アリヤの取り調べを行《おこな》った。緊張してたのか、ほとんど日本語になっていなかった。あれには正直、まいったよ」

淡々とした調子でいいながら、出水は立ち上がりすぐに歩きだす。瑞樹も急いで椅子から立ちあがったが、慌てたせいで椅子を倒して大きな音をさせてしまった。

「あっ……」

出水はすぐに振り返り、大股で歩み寄ると倒れた椅子を直してくれた。

「ありがとうございます」

「……君の日本語は綺麗だな。発音も、声も綺麗だ」

数秒動きを止めて、出水は真顔で言った。

ほんの一言褒められただけなのに、瑞樹は嬉しくなった。この感じだったら、出水とはうまくやっていけるかもしれない。そんな気がした。

出水と一日一緒にいた。アリヤとの長時間に亘《わた》る取り調べから、昼食時、そして勤務時間終了後も、まだ一緒にいる。

六本木の交差点近くのレストランで瑞樹は出水と二人、入り口に近い窓際の席に座っていた。出水がメニューを見る時間は驚異的に速い。瑞樹が迷っていると、いらいらしてくるのが分かる。仕方なく瑞樹は、カフェオレを頼んだ。

「小川君、腹減ってないのか?」

オーダーしたものが届くまでの間も、出水は油断なく外を見張りながら訊いてくる。

「家で母が、食事を用意して待っていてくれますから」

「昼間は弁当まで作ってくれて、朝夕もしっかり用意するんじゃ、お母さんも大変だな」

「そうですね。祖母もいるし、書家としての仕事もありますから、大変だと思います。けれど母は、愚痴《ぐち》をこぼすことなんてなくて…」

出水が瑞樹の母親に興味を示してくれたのが嬉しくて、つい饒舌《じょうぜつ》になってしまう。ところが出水は話を訊いていなくて、じっと窓の外の様子を窺っているばかりだ。

不自然にならないよう、わざと会話するふりをしているだけだった。

瑞樹もつられて窓を見る。一昨日、話を聞きそびれた二人組。あの時は逃げられてしまったが、何かを知っていそうだということで、出水は彼等を知っている瑞樹を伴ってやってきたのだ。

「出水さん、いつも外食なんですか」

運ばれてきた料理を、出水は急いで食べる。もしここで探していた二人組を見つけたら、料理などはそのままで外に飛びだすことになるのだ。そうは分かっていても、見ていて気の毒な気がした。

「ん……」

返事は後だというように、出水は軽く手を振り外を示す。自分の代わりに見張っていてくれということなのだろう。

「ゆっくり召し上がってください。そういう食べ方は、体にはよくありません」

そんなこと分かっていても、出来ないこともあるのだ。たとえこの後の二時間、水とコーヒーで時間を潰さないといけないとしても、出水は急いで食べるのだろう。

「見ていて違いが分かるか？」

食事の合間に、出水は唐突に訊いてきた。

「何の違いです？」

「アメリカの黒人と、アフリカの黒人の違いだ。よく外国人は、日本人と韓国人の違いが分からないって言うだろ。それと同じだと思うが」

「近くにいけば大体分かります。アメリカの人達は、特有の言葉で話します。日本の若者言葉みたいなものですね。アフリカの人達は、友達といると現地の言葉を話しているし、英語も比較的綺麗です」

母国語でない言葉を、普段その国の若者達が話しているように喋れるまでになるのは、やはり多少時間がかかる。語感が特別に発達してでもいない限り、難しいことの一つだ。

「なるほどね。では、話しかけないで見分ける方法はあるだろうか」

「それは……難しいです」

瑞樹は返事をしながら、油断なく外を見ていた。

六本木は外国人の多い街だ。様々な人種が、さほど広くはない歩道を歩いているが、目的もなく集まっている黒人達の姿が目立った。

つい先日の失敗を思いだして、瑞樹は唇を噛む。あの時に、何か一言でもヒントを貰えたら、出水に提供出来たのにと思うと悔しくなる。

「これが済んだら、待ち合わせの人間を捜しているふりをして、近づいてみるか?」

「僕のことを、覚えていないといいんですが……」

「他に、彼等がよく集まる場所はどこだ?」

「日曜に西新宿の教会でミサがあるんですが、アフリカ出身者が多く参加しています。キリスト教徒でなくても受け入れていて、アフリカの郷土料理をミサの後に食べさせてくれるんです。アリヤはよくそこで、ボランティアとして料理を手伝っていましたから」

「日曜か……」

出水だったら、日曜は仕事は休みだなどと口にしないだろう。今週末の日曜のミサには、必ず行く。

行くのだったら、一緒に行ってもいい。瑞樹はそんな気持ちになっていた。

最初はきつい印象しかなかった出水だが、近くでその姿を見ていると印象が変わってきている。

出水はともかく仕事に対して、真面目過ぎるくらい真面目なのだ。そのためいつも事件のことが頭を占めていて、会話にすら余裕がない。そんな気がする。

「出水さん、ご家族は同居じゃないんですね」

食べ終えた頃を見計らって、それとなく訊いてみた。

「ああ、父はもう亡くなった。母は……再婚したんで」

そんなこと何の関係があるんだと、答えるのを拒否してもよかっただろうに、出水はきちんと答えてくれたが、その顔には何の表情もない。

「僕の父は、アフリカで行方不明のままです。もう三年が過ぎましたが、母は毎日、陰膳《かげぜん》を用意して、父の帰りを待っています」

どうしてそんなことまで口にしてしまったのだろう。

話したところで、同情されるくらいだろう。出水にとって瑞樹は、ただの通訳でしかない。そんな身内の話をされても、迷惑なだけだ。

そんなこと分かっていても、瑞樹は出水に話してみたかった。

「大使館の担当は誰だ？　現地の捜索状況は？」

出水は手帳を取りだすと、慌ただしくページをめくり始める。

「えっ……」

「外務省の対応は？　現地の警察と連絡取り合って、捜索を続けてくれてるんだろうな」

「いえ……アフリカの奥地だったので、警察も機能していないような場所なんです」

いくら父の芳樹が語学に優れていても、外国人というだけで敵とみなす好戦的な部族もいる。もちろんアフリカで人命を脅かすのは、それだけではない。何より怖いのは、言葉を話す人間を餌としか見ない猛獣達だった。

「君は捜索に行ったのか？」

「はい、連絡が途絶えてから、一カ月は現地にいました。かなり奥地にまで足を向けましたが、それ以上は無理でした。二次遭難するわけにはいきません。母と祖母がいますから、僕までいなくなったら……」

瑞樹は突然、泣きたいほど哀しくなった。

父のことは諦めた筈だ。一縷の希望は抱いているが、三年というのはあまりにも長すぎる。生きていれば何らかの手を使って、連絡してくるだろう。それがないということは、最悪の事態を覚悟しなければいけなかった。

母は、食事の度に父の分まできちんと用意する。量は少ないが、一人前の料理をそこに父がいるかのように食卓に並べた。

生死が分からないままだったら、永遠に母は陰膳を用意し続けるのだ。

美しい顔に穏やかな微笑みを浮かべて、何事もなかったかのようにしているけれど、母が大好きな瑞樹としては、その姿を見ているだけで辛かった。

「外務省に知り合いがいる。明日、きちんと確認しておくから、いなくなった場所と最後に連絡のあった日時を教えてくれ」

「出水さん」

そこまで出水がしてくれるとは思わなかったので、不意をつかれて瑞樹は返事に詰まった。けれど出水の気が短いことは知っていたから、急いで自分の手帳を開いて、正確な記録を出した。

「アフリカのこの辺りです。ヤウリのザンパ自治区で、ほとんどが山なんですが」

二人は同時に、テーブルの上に置かれたそれぞれの手帳へ目を落とす。瑞樹の手帳にはアフリカの地図が挟まっていて、そこに赤丸で印が付けられていた。

「あっ」

瑞樹は職務を思いだして、慌てて顔を上げた。

先日と同じような、夕暮れの時間だ。今日は天気が悪いせいか、暗くなるのが早く感じられる。ネオンが瞬く街には、雨が降りだすかもしれないというのに、路上にたむろする外国人の姿が増えていた。

「出水さん、ありがとうございます。僕、とても嬉しいです。父の話は家族の間でも出来なくて。祖母は高齢なので、時々混乱するんです。それに話を合わせている、母の姿を見ているのが辛くて、いつの間にか話題にしなくなりました」

外を見ながら瑞樹は話していたが、気がつくと涙が一筋、頬を伝っていた。

何があっても泣いてはいけない。自分まで泣いてしまったら、母や祖母に救いはなくなってしまう。そう思って耐えてきたが、内心は泣きたいくらいに辛かったのだ。

知り合ったばかりの出水の前で泣くなんて、予想外のことだった。

泣いてなどいないというように、瑞樹はあえて涙を拭おうとはせずに、黙って窓の外を見ていた。すると出水は、レストランに備え付けのペーパーナプキンを取り、瑞樹の前にそれとなく置いた。

「心配しなくていい。もしかしたら奥地で生きていらっしゃるかもしれないだろ。そんなに簡単に諦めるな」

「……諦めてはいません」

「ではもっと努力しろ。仕事が忙しいのは分かるが、現地に行って探す努力を続けた方がいい」

「はい」

出水の力強い慰めに、また新たな涙が頬を伝った。瑞樹はペーパーナプキンで慌てて涙を拭い、変わらずに視線を外に向ける。

父を異国で見失った瑞樹が悲しんでいるように、殺されたサウラの家族も、今、深い悲しみの中にいるのだろう。

だが瑞樹のように現地に出向くことも、貧しい彼等には出来ないのだ。遺体を確認するために来日も出来なければ、空輸で運んで貰うための資金もない。日本式に遺骨だけが送り返される公算が大きい。

「彼等は、日本に何を求めて来るんでしょう」

ゆっくりと瑞樹の手帳の内容を写し取っていた出水は、顔を上げて瑞樹を見る。まだ涙の痕跡《こんせき》があると知ると、慌てて目を伏せる優しさはあった。

「金。それだけだ。日本で二、三年我慢すれば、真新しい豪邸を買える。うまくして日本人と結婚でも出来れば、生まれてくる子供には高度な教育を受けさせることも出来るだろう。夢のような話ばかりが流れているから、無理してやってくるんだ」

「現実はそんなに甘いことばかりじゃないのに」

それでも彼等はやってくる。そしてストレスから病んだり、犯罪に巻き込まれたりする人間も出てくるのだ。

「失礼なことを言います。怒らないでください」

出水の顔を見ていなければ、何でも言えるような気がした。だから瑞樹は、思い切って言ってみた。

「何だ？」

「出水さんって、もっと冷たい感じのエリートなのかと思ってました。優しい方なんですね」

「……それは違う。俺は役人の怠慢《たいまん》が我慢できないだけだ」

「そうなんですか？」

「ああ、検察なんてやってると、しょっちゅういろいろな省庁とぶつかってる。俺は、役人が嫌いで……ぐずぐずしているやつが大嫌いで……本音をさらに言えば、日本にトラブルを持ち込む外国人も嫌いだ」

せっかく優しさを示してくれたというのに、瑞樹がかえって風を送って吹き飛ばしてしまったのだろうか。

瑞樹はまた悲しくなってきて、無言で窓の外を見続ける。

降りだした雨が窓ガラスに当たって、視界が歪んでいる。外にたむろしていた外国人も、いつしか姿を消していた。

雨はいつまでもやまない。自宅に戻った出水は、外務省の知り合いに電話をしていた。

「夜分にすみません。アフリカのザンパ自治区で行方不明になった、日本人の言語学者、小川芳樹教授について、捜索状況を確認したいんですが」

電話の向こうからは、不機嫌そうな声が聞こえてくる。何年も前の事件をここで持ちだされてもと、ぶつぶつと繰り返していた。

「事件の容疑者が、その地域の出身者なんですよ。事件に関する通訳は、何よりも正確でないといけないもので、小川教授にお願いしようと思ったんですが、ご家族に尋ねたら、捜査は打ち切りですって?」

予算もない。人員も足りていない。現地の政情が不安定だ。そんな言い訳が続いた。

『何年かに一度しか、山から下りてこない部族もいるんですよ。もし彼等と行動を共にしているとしたら、我々ではとても追うことは出来ません』

「山岳《さんがく》地帯の部族……そこにいる可能性はどれくらいですか」

『死体になったら、すぐに掃除屋の獣が綺麗にしてくれるところですよ。生きているかもしれないなんて簡単には口に出来ないですが、噂では山に肌色の違う男性がいたそうです』

「……もっと詳しく教えてください」

しなければいけないことは山ほどある。それなのに出水は、瑞樹の父親の行方を追うことを最優先した。

出水は無駄なことが嫌いだ。時間はいくらあっても足りない。それなのに実に無駄なことをしている。

それというのも、瑞樹の涙を見てしまったせいだ。

男は簡単に泣いたりしてはいけない。瑞樹もそれは分かっているだろう。だから泣いていることを、出水に悟らせまいと必死だった。

そんな様子が痛々しくて、却って手助けしてやりたくなってしまったのだ。

育ちのいい男だと思う。両親に大切にされ、愛されて育ったのだろう。何よりも母親を大切に思っているところが、そう感じさせる。

けれどそういったぼっちゃんは変にプライドばかり高くて、仕事では使えないことがまままある。瑞樹もそうかなと疑ったが、思ったよりは使えそうだ。

「いろいろとありがとうございます。アフリカから来日する人間は、年々増加しています。そうなると犯罪に絡んでくることも多くなりますから、小川教授は大切な人材です。一日も早い救出を希望しておりますので、ご尽力ください」

亡くなった父の知り合いだが、決して好きな相手ではない。

なのに出水は、不本意ながらも頭を下げる形で電話を切った。

電話が終わると、部屋の中は一瞬で静まり返る。出水は調書を広げ、再び事件へと頭を切り換えようとした。なのにどうしても、静かに泣いていた瑞樹の姿が頭から離れない。

愛していた父親を失って辛いのはよく分かる。

出水も父を亡くしていた。誰よりも尊敬し、大好きな父親だった。

正義とは何か。人はどうして犯罪者になっていくのか。裁かれるのは人なのか、罪なのか。

そんな議論を、父とはよく交わした。まだまだ未熟で生意気に思われただろうが、父は飽きずに出水の相手をしてくれたものだ。

母は父のどこが不満だったのだろう。

父が病床についた時、いや、それ以前から母が浮気をしていたのは知っていた。けれど出水は、あえてそれを父に告げ口するようなことはしなかった。

亡くなるのなら、知らないままでいて欲しい。それが出水なりの思いやりだったのだ。出水が気付いていたことを、母が知っていたかは分からない。あえてその問題に触れようとしなかったことは許せるとしても、父が亡くなって程なくして再婚したのは、やはりどうあっても許せない。

あれ以来、人間不信の日々が続いた。だからこそ瑞樹が、単純にアリヤの無罪を信じる気持ちが分からなかったのだ。

「苦労なんてしてないのかと思ったら……」

出水は思わず呟いてしまった。

一見すると、瑞樹には苦労なんてなさそうに見える。しかし彼は、父親が行方不明となってから、家族を物心両面で支えているのだ。

相談する相手もいないのか、出水の前で不覚にも涙を零してしまったのだろう。

他人の問題に深入りするもんじゃない。事件では容疑者個人よりも、犯罪そのものを考えるのが検察官だと出水は信じている。

それと同じように、仕事の相手はあくまでも仕事だけの付き合いだ。プライバシーになんて、興味を持たないのが普通だった。

どうして瑞樹のことだけは、特別に世話までする気になったのだろうか。

アリヤの無罪を信じて疑わない、無垢な魂に苛立ちを覚えたせいかとも思う。年相応に見えない可愛げな外見をしているが、そんなものだけで気になるなんてことは、出水にはあり得ないからだ。

説明のつかない感情に支配されて、出水は苛々しながら調書に目をやる。けれどずらっと並んだ文字は、意味のない記号にしか思えなかった。

「まずいな。どうしたんだ……」

食事をした筈なのに、ふっと空腹を感じた。

瑞樹の食べていた弁当が脳裏を過ぎる。

そういえば母はまともな弁当など作ってくれたことがなかったなと、思いだささなくていいことまで思いだしてしまって、出水は苛立ちをさらにつのらせていた。

出水という人間が分からない。優しいかと思うと、突如冷たくなる。アリヤも出水には困惑している様子だ。

仕事は出来る男だろう。行方不明になった父のことも、翌日にはもう外務省に連絡して、現地での捜査状況を確認していた。

忙しいのに手間をかけてくれたことを、出水は恩着せがましく話したりはしない。結果だけを教えてくれたのは、西新宿の教会のミサでだった。

教会といっても、近代的なビルの一階にあった。外国に現地工場を持つ企業が出資していて、宗教の枠を超えて来日した諸外国の人達の交流の場にもなっている。

誰にでも門戸《もんこ》は開かれているので、二人は一番後ろの席に座り、外国語を交えた神父の言葉をまず聞いた。

出水は眠そうにしている。再調査の結果に目を通し、新たに必要な調査事項を書きだすだけでも寝ている時間などなさそうだ。

今にも眠りそうな顔をしながら、出水はぼそっと呟いた。

「山岳地帯に、ヤギを放牧している部族がいるそうだ。彼等が山を下りてきたら、何か分かるかもしれないと言ってたんだが」

「ありがとうございます。確かに彼等は、一年のうち何日かしか町にやって来ないから、何か知っていても訊くことが出来ないんですよね」

今日はプライベートなので、出水も瑞樹も私服だ。スーツ姿の出水ばかり見ていたから、ジャケットにチノパン姿の出水はひどく新鮮に思える。

瑞樹はジーンズでは失礼だろうと、コットンのパンツに、チェックのシャツと薄手のセーター姿だった。

こんな恰好をすると、まだ大学生、いや、下手をすれば高校生に見られてしまう。教会関係者も、どちらの学生さんと訊いてくる。

すると出水は、瑞樹の耳元に顔を寄せて囁いた。

「学生ってことにしとけば。警察関係だと知られると、面倒になるから」

「嘘を言えってことですか？　僕はあまり嘘は得意じゃありません」

子供の頃、些細なことで嘘をついた。すぐにばれるような嘘だったが、母はそれを信じるふりをしてくれた。けれど美しい顔は悲しみに溢れていた。

大好きな母を悲しませるくらいなら、二度と嘘はつかないと瑞樹はその時に思ったのだ。

「嘘が必要な時もある」

「必要ですか？　黙っていてはいけませんか」

「……じゃあ、そうしろ」

出水は怒ったのか、両腕を胸の前で組むと目を閉じてしまった。

賛美歌《さんびか》は疲れた頭には、最良の子守歌になるのだろう。いつか出水は本格的に眠ってしまって、その体はずるずると瑞樹に寄りかかってきた。

起こすべきかと思ったが、瑞樹は黙ってそのままにしていた。

日曜ミサに来ているといっても、厳密には休みではない。疲れているのは瑞樹も一緒だったが、瑞樹には家族がいる。どんなに疲れて遅く帰っても、食事と入浴はいつでも用意されているのだ。

自分で部屋を掃除することも滅多にない。何もかもやってもらっている身分だ。一人暮らしの出水は、自分でやらないといけないのだろう。

そう考えると、賛美歌を子守歌にするくらい許してあげたい。

出水からは嗅ぎ馴れない男の匂いがした。コロンをそれとなくつけているのは分かる。それが出水の体臭とないまぜになって、何とも知れないいい匂いがした。

父は、いつも枯れ草の匂いがするような男だった。

外国で知り合った人達の中には、強烈な体臭がある人もいたし、家畜と寝ているのか獣の匂いがする人達もいた。

母はいつも甘い匂いがする。化粧品と料理、時々お香の爽《さわ》やかな匂いがした。

けれど出水のように、爽やかな男の匂いを醸しだしている人間は初めてだ。

瑞樹は思わず自分の腕を鼻に近づけ、くんくんと確かめるように嗅いでしまった。何の匂いもしない。ただ着ているシャツに染み付いた、洗剤の匂いがするだけだ。

出水はどうして眠っていられるのだろう。

疲れている、それだけが理由ではないような気がする。もしかしたら瑞樹に対しては、警戒心を解いてくれたのかもしれない。

そう考えると、距離が縮んだようで嬉しかった。

瑞樹はこの仕事が終わったら、出水とはもう何の関係もなくなるんだということを、改めて考えた。

どんなに距離が縮んで親しくなっても、それはこの仕事があるうちだ。

警視庁だって、通訳の出来る職員は不足している。瑞樹が出向から戻ってくるのを、首を長くして待っているだろう。

検察は通訳を雇うことが可能だ。探せばヤウリ語の話せる人間もいるかもしれない。そうなると、瑞樹はもう出水と関わることはなくなるのだ。

少し寂しい。気がやたら短いが、優しいところもある出水とせっかく知り合えたのに、また他人になってしまうのかと、瑞樹は悲しくなった。

出水の寝息が聞こえた。瑞樹の肩に頭を凭せ掛けて、熟睡している。

瑞樹はふと、一緒に仕事している間、出水に毎日弁当を持ってきてあげようかなと思っ

た。家庭料理なんて食べることもないだろう。母の作ってくれる弁当はおいしい。出水にもあのおいしさを味わわせたかった。

「んっ……」

やっと目覚めた出水は、慌てて体を立て直した。

「すまない。寝てしまったんだな」

「お疲れなんですね」

出水の体の重さがなくなった途端に、瑞樹は寂しくなる。そこで出水を喜ばせたくて、思っていたことをそのまま口にした。

「出水さん。明日から、お弁当、よければ出水さんの分まで持っていきます」

「弁当？」

「はい。せめて栄養のあるものでも、召し上がっていただきたいですから」

出水だったら喜んでくれるだろうと思ったが、期待はあっさりと裏切られた。

「いや、悪いが……そういうのは遠慮しておくよ」

「どうしてですか？　一人分も二人分も、そんなに変わらないですから」

以前は父の分も毎朝作っていた母だ。弁当を二人分作るくらいどうということもないと思ったが、出水は首を横に振った。

「君が作ってくれたものだったら、喜んでいただくかもしれないが、どうせお母さんが作るんだろ」

「それでは嫌ですか?」

「人の手を患わせるのは、好きじゃない。まして無関係の君のお母さんだ。悪いが遠慮しておく」

出水は怒ったようだ。どうして今日は、言うことがいちいち出水の機嫌を損ねてしまうのだろう。

「すみません。僕、出水さんに失礼なことばかり言ってますね」

「……そんなことはない。気持ちは嬉しいが……君は人を信じすぎるみたいだな。俺のことは、仕事の面だけで信じてついてくればいい。それ以外は……」

「はっ、はい、すみません」

すっかり萎縮してしまった瑞樹は、これ以上出水に嫌われたくなかったので、黙り続けることにした。

賛美歌も終わり、ミサは終了した。その後は別室で、食事をしながらの懇親会《こんしんかい》になる。ぞろぞろと移動する人達の話し声は様々だ。出水にはどんな話をしているか分からないだろうが、瑞樹にはほとんど分かる。互いの近況を報告しあい、知り合いのことなども噂し合っている。

アリヤやサウラの話が出ないかと、瑞樹は必死に耳を澄ませていた。

料理の並んだトレイを目にした人達の中から、アリヤの名前が出たので、瑞樹は料理を見るふりをして、それとなく後ろに立つ。

ここでアリヤが、ボランティアスタッフとして調理していたのを知っているのだろう。あんないい子が、どうして恐ろしい事件を起こしたのかと嘆いている。

話している男達は、日本でも成功した人達なのだろう。部族間抗争なんてものは、時代遅れも甚だしい。恥ずべき悪習だと批判的だ。

いや、そうじゃない。あれは単純な部族間抗争じゃないんだと話したかったが、瑞樹はあくまでも話の内容が分からないふりを続けた。

「日本の方ですか?」

背後から話しかけられて、瑞樹は驚いて振り向いた。

温厚そうな黒い肌の男が、真っ白な歯を見せて笑っていた。

「初めまして。ボランティアスタッフ代表のスェラです」

握手の手が差しだされる。するといつの間にか出水が側にいて、瑞樹よりも先に手を握っていた。

「国際大学、民族研究学部の研究員、出雲《いずも》です。こちらはまだ大学生の山寺《やまでら》と申します」

勝手に自己紹介されて、瑞樹は曖昧に微笑む。

「つい先日、ヤウリ出身者の方が不幸な事件を起こしました。皆さんが、どうやって日本に溶け込み、心の平和を維持されているのか、ぜひ伺いたいのですが」

出水はいつもよりはゆっくりと、スェラに向かって話しかける。

するとスェラは、困ったように微笑んだ。

「それでは食事を愉しみながら、その時に意見を聞いてみましょう。ですが、あれは一部の部族による、特殊な問題です。彼等は長年、争ってきました。日本人には、同国の人間同士が争うなどとは、分からないでしょうが」

出水の背を押して、スェラは食事のテーブルに移動し始めた。その後についていきながら、瑞樹はそれとなく周囲の話し声に耳を傾ける。

その時、瑞樹は裏のスタッフルームのドアから、ちらっと顔を覗かせた男に気がついて、それとなく出水の背後に隠れた。

六本木で追いかけっこをした男だ。

瑞樹は男に気がついたが、男の方はまだ瑞樹に気がついていない。瑞樹は出来るだけ視線を合わせないようにして、出水の体にぴたっと寄り添って隠れた。

「どうかした?」

瑞樹がいきなり急接近してきたので、出水は緊張した様子を見せる。

「いえ……」

出水の背は高く、体もがっちりしている。瑞樹の小柄な体を隠すにはちょうどいい。そう思ってひっついているのだが、スェラはその様子になぜか笑いだした。

「イズモーさんですか？　あなたはナイスガイですねぇ」

「はっ？　ありがとうございます」

「学生さんにも、おもてになるでしょう」

にこにこと顔は笑っているが、スェラの目は笑っていなかった。

「私はサモアの出身です。日本ではマイノリティですから、マイノリティの気持ちはよく分かるつもりです」

「はぁ……」

「いろいろとご苦労あるでしょう?」

にやにやと口元だけ笑っているスェラを見て、頭の回転も速い出水はすぐに誤解されていることに気がついたようだ。

「すいません……宗教的な戒律で、そのような者は拒まれるとお思いでしたら、大変に申し訳なく思います」

出水は突然、瑞樹の肩に手を置いて、包み込むようにして引き寄せた。

「彼はとてもシャイなので、恥ずかしいところをお見せしました」

「いいんですよ。学生さん。私達は、あなたのナイスガイにおかしなことはしないから、安心なさい」

ははと声を出して笑うと、スェラは料理を貰うための列に二人を並ばせた。

そうしている間も、瑞樹は出水の体に隠れるようにして寄り添う。自分がどんな誤解をされているのか、瑞樹は全く意識していなかった。

収穫があったのかどうかは、訊いたことをすべて整理しないと分からない。昼食会も解散となり帰途についたものの、考え込むような顔つきの瑞樹に対して、出水はまだ肩に手を乗せたままだった。

「どんな風に誤解されたのか、分かってないみたいだな」

「誤解？　ああ、すみません。実は、先日、アリヤのことを訊きたくて話しかけたら、逃げ出した男がいたものですから、警察官だと気がつかれないように必死でした。挙動不審で申し訳ありません」

「そうか……わざとああいう演出にしたのかと思ったよ」

「演出？　僕、何かしましたっけ？」

瑞樹には全く自覚がない。出水が何で困ったような顔をしているのか、その理由が分からないままだった。

「よければ俺の家に寄っていかないか？　今、訊いた話を整理したい。手伝ってくれ」

「あっ、はい」

このまま出水と離れてしまうのかと、少し物足りなく感じていた瑞樹は、誘われて嬉しかった。

「お家はどちらですか？」

出水はタクシーに向かって手を上げながら言った。

「中目黒《なかめぐろ》だ」

「近いですね。僕の家、麻布なんですよ」

そんな些細なことも嬉しくて、瑞樹は顔を輝かせた。

「あの男、ちらっと顔を出しただけで、中には入ってきませんでした。代表のスェラさんに、彼のことを訊くべきだったでしょうか？　改めて、正式に六本木署から、事情聴取の申し込みをしますか？」

「警察官を見て逃げるのは、何もアリヤのことを知っているからとは限らない。不法滞在《ふほうたいざい》の可能性もある。問題をまず整理してから考えよう」

出水は手帳に、今訊いてきたことを整理しながら言った。

「あそこに何人、ヤウリ出身者はいたんだ？」

「あの逃げた男と、もう一人は女性の方だけでした。他の国の出身者の話でしたが、少し引っかかる部分はあります」

出水と瑞樹には、自分達の会話を盗み聞かれる心配はないと思っているのか、彼等はあまり聞かれたくない話もしていた。その中には、どうしても出水に知って欲しいことがあったのだ。

「家についてから話そう」

出水はタクシードライバーを警戒するように言った。

「はい……」

無言のままでタクシーに乗っている。それでも出水といるだけで、瑞樹の心は浮き立った。

どうして出水といるだけで、こんな幸せな気持ちになれるのだろう。

自分がおかしいいんじゃないかと、瑞樹はふと不安になってきた。

そっと出水を盗み見る。

揺れる車内で、出水は必死に手帳にメモしていた。その横顔は真剣そのもので、実に男らしくて美しい。

彼はどんな家に住んでいるのだろう。家では仕事場と違う顔をしているのだろうか。

好奇心が溢れてきて、瑞樹はまたどきどきする。

男性に対してどきどきするなんて、どうかしているなと慌てて瑞樹は視線を逸らした。

「わぁ、本当に家、近いんですね」

見覚えのある風景が過ぎていく。それを見て歓声をあげる瑞樹に、出水は困ったような笑顔を向けた。

「家が近いってだけで、そんなに嬉しいもんか？」

「あっ、すみません。子供みたいでしたね」

大人はこんなことで喜ばない。さすがに瑞樹も恥ずかしくなって、またもや俯く。みるみる耳まで赤くなってしまい、また笑われるなと覚悟した。

だが出水は笑わなかった。

赤くなっている瑞樹を、じっと見つめているだけだ。その口元は何か言いたそうに開きかけたが、すぐにまた閉じてしまった。

出水は混乱している。タクシーに乗っている間に、どうにか脳内を整理してしまいたい。そう思っても、やはり思い通りにはいきそうもない。

隣に瑞樹がいるせいだ。

悪魔を誘惑する天使。

そんなものが仮にいるとしたら、瑞樹によく似ているだろうと出水は思っていた。

自分の身を隠すために、出水に寄り添っていただけだ。そんなことは誰だってする。なのに他人から見たら、二人の関係が特別に見えるほど、瑞樹は出水に頼り切っていた。

そんなことをされて嬉しかった自分に、出水は戸惑いを隠せない。

仕事のパートナーだ。通訳のために呼んだ男でしかない。

仕事に対しては、出水と同じように真剣に取り組む男だ。今日だって出水が強制したわけでもないのに、自分から一緒に行きますと申し出てくれた。

瑞樹がいなければ、何の収穫もなく帰ることになったかもしれない。そういった意味では、とても感謝している。

だがそれもアリヤを救うために、必死になっているだけだ。

アフリカの部族と過去に交流があったし、いい思い出があるからだろう。瑞樹はアリヤを助けようとしているだけだ。

出水のために、特別努力しているわけではない。

そうでも思わないと、またもや瑞樹の存在そのもので混乱してしまう。

出水の分まで弁当を用意するとか、いきなり言いだす。そんな優しさははっきり言って迷惑だと、冷たく突き放すことだって出来る筈なのに、それが出来ない。

いつもならもっとはっきり断れただろう。そうやってこれまでにも、それとなく好意を示してくれた女性達を傷つけてきたのだ。

好意には必ず下心がある。女性の場合は特にそうだと、出水は決めつけていた。けれど瑞樹は男だ。おかしな下心など持ちようもない、天然の純真さがある。

今の出水は、疲れているせいかおかしい。

天使の衣を引き剥がして、ほら、人は本来、こんなに腹黒く悪いものだと教えてやりたくなってくる。

それとなく視線を瑞樹に向けた。

自分の家が近いと単純に喜びながら、瑞樹は外ばかり見ている。

その頬はうっすらと上気していてピンク色だ。触れたらしっとりとしていそうで、出水は手が今にも動きだしそうになり、自制するのが大変だった。

「外国から来た人達が、一番驚くのは日本の物価の高さですが、その次に驚くのが、夜中でも物が買えることなんですよ。世界中でも、深夜にレストランやスーパーが開いているところは、まだまだ少ないですから」

瑞樹は商店街を目にしながら、そんなことを口にする。

出水は何か答えてやらないといけないのかと、慌てて返事をしようとして失敗した。

ぶっきらぼうな話し方で、仕事の話をするのなら何も迷わないで出来る。けれどあえて気の利いたことを口にしようとすると、言葉は思ったよりも出ないものだった。

「それまでは狩りをするだけだったアフリカの部族に、山羊を放牧することを教えたのはヨーロッパの宣教師だと聞きました。乳に塩を入れてバターを作る方法も、宣教師が教えたんです」

「そうか……知らなかったよ」

「山羊を追って生活しているんなら、食生活はそこそこ豊かですよね？」

瑞樹のために調べたことが、決して無駄ではなかったようだ。父親の安否を気遣う日々だったろうが、少しは希望を見いだせたのかもしれない。瑞樹の瞳は涙に濡れているのではなく、明るい希望できらきらと輝いているように見えた。

今だったら、手を握っても瑞樹は怒らないだろうか。

そんな誘惑を感じて、出水は意味もなく手を開いたり閉じたりする。

どうかしている。純真無垢《じゅんしんむく》に見えたって、瑞樹も普通の男だ。女性に対して性欲を感じ、自分に熱い視線でも向けられようものなら、途端に好色そうな笑みを浮かべるのかもしれない。

尊敬する上司の妻だって、平気で手を出してしまえるのが男だ。瑞樹だって、そんな男と同じかもしれない。

出水は勝手に瑞樹の中に、天使のような純真さを見いだしているだけだ。瑞樹に失望したい。

勝手な妄想を抱くくらいなら、現実の瑞樹の中に腹黒い部分を見つけ出して、大きく失望してしまうほうが楽だった。

そこで出水は、姑息な手を考える。

自分が今考えていることが、瑞樹に伝わったらどうだろう。この笑顔は消えるだろうかと、少し不安になってきた。

そうしているうちに、タクシーは出水の自宅があるマンションに帰り着いてしまった。

タクシーを降りて案内された出水の部屋は、まさに男の部屋といった印象だった。マンションの五階に位置する2LDKだが、部屋は思ったよりも狭い。

一室はデスクと壁を隠すように本棚があるだけだ。溢れ出した本が、床にも積み上げられていて、今にも崩れそうになっていた。

寝室は大きなベッドに占拠されている。ベッドは綺麗にベッドメイキングなんてされていない。いかにも起きたままといった様子で乱れていた。

リビングのデスクには、様々な紙が置かれている。出水はメモ魔なのか、書きかけのメモがやたら何枚もあって、無茶苦茶に置かれているようで、実はそれなりの秩序で分類されているようだ。

「あー、まぁ、散らかっているが、適当に座って。コーヒーくらいいれるから。あっ、ミルクがないと駄目だっけ?」

出水は散らかった部屋の様子に照れながら、ジャケットを脱いでシャツだけの姿になった。袖をまくってキッチンに立つ姿を見ていると、瑞樹は改めて出水の部屋で二人きりなんだと強く意識してしまった。

「ここには、いつも遊びに来る方とかいらっしゃるんですか?」

妙な質問になってしまった。どうやら瑞樹は、それとなく出水にカノジョがいるか訊きたかったようだ。それがおかしな質問になってしまったのだろう。

この部屋で、出水はカノジョのためにコーヒーを淹れたりするのだろうか。それともカノジョの方が、出水のためにコーヒーを淹れるのだろうか。

そんな場面を想像すると、瑞樹の心は微かに痛む。自分だけがこの部屋にいる出水を知っている。特別なんだという意識を、持ちたかったのかもしれない。

「遊びにって……たまには友達も来るけどな。終電に乗り遅れたやつとか、飲みすぎたやつとか……でも、年々減っている。結婚したやつも多いから」

出水は普通の返事をした。友達というのは、仕事の同僚とか学生時代の友人だろう。

「そういえば、出水さん個人のことって、何も伺っていなかったですね」

「話すようなことは、たいしてないよ。出たのは東大法学部。実家は、広尾《ひろお》にある。父は、警視庁でかなり上までいった。母の再婚相手は、父の元部下……」

電気ポットをセットしながら、出水は何の抑揚もない声で言った。

「どうして警察官にならなかったんですか？」

「警察の仕事は逮捕までだ。事件の解決は検察の仕事だろ。俺は……一つの事件を最後まで徹底的に分析してみたいんでね」

出水は続けてコーヒーのドリップをセットする。まだ淹れてもいないのに、狭い家の中、コーヒーのほのかな香りが広がった。

「あの……失礼ですけれど、身の回りのことを助けてくださるような方は、いらっしゃらないのですか?」

やはり気になる。

部屋が適度に散らかっている様子からすれば、そんな女性はいなさそうには思えるが、瑞樹としてはどうしても知りたかった。

「忙しい男は、結婚なんてしないほうがいいんだ」

ぼそっと言ったその口調から、瑞樹は出水が結婚に対していい印象を持っていないと感じた。

「夫が家にいないというだけで、女性ってのは不安になるもんらしい。そういう気持ちが、よく分からなくてね」

いくら大人の事情にうとい瑞樹でも、出水の言わんとしていることは想像がつく。

きっと出水の母親は、夫が相手をしてくれない寂しさを紛らわせるためにか、部下の男と浮気していたのだろう。

浮気はいつか本気になった。浮気だけだったら許せたかもしれないが、父親の死後にその相手と再婚したことで、出水はきっと傷ついたのだ。

「僕の母も、忙しく世界中を飛び回っている父のせいで、不安に感じていると思います。

だけど幸せそうにしていますよ」

「それは信頼関係があるからだろう。それともなけりゃ、特別によく出来た女性なんだ」

特別によく出来た女性。確かにそうだと瑞樹は頷く。

母のような女性を、瑞樹は他に知らない。女性を見る時、どうしても母と比較してしまう。そのせいだろうか。瑞樹は未だに女性と付き合った経験がなかった。

「父は男の俺から見ると、完璧な男に思えた。潔くて、部下思いで、特別に広い視野を持っている、素晴らしい男だった。なのに母にとっては、どこかが不満だったんだろう」

コーヒーをドリップしながら、出水は抑揚のない声で言った。

その顔はどこか寂しげだ。見つめていた瑞樹は、出水の悲しみが乗り移ったかのように、心を痛めていた。

「そんな顔をすることないよ。所詮、他人事だろ。つまらない話をしたな」

瑞樹の表情に気がついた出水は、照れたように笑って言った。

「いいえ。ご自分のことを話して下さって嬉しいです」

「面白い話なんてあまりなくてね。悪かった」

「謝る必要なんてないですよ。もっといろいろ出水さんのこと知りたいです」

「知ってどうするんだ」

出水はコーヒーカップをソーサーに乗せて運んでくると、テーブルの上のメモ用紙をどけてから置いた。

いい香りがする。コーヒーを淹れるのに、手を抜いていない証拠だ。

「コーヒー淹れるのお上手ですね」

「大学時代、ずっとカフェでバイトしてたからね」

「へぇーっ」

意外だった。今の出水からは、そういった平凡な学生の姿は想像が出来ない。

「恵比寿《えびす》で働いてた。もしかしたら俺達、気付かないうちにすれ違ってたかもな」

「何年前ですか？」

「……十八からやってたから、十三年前か」

「僕、やっと中学生になったか、小学校六年ですね」

瑞樹の前に座った出水は、その言葉に初めて顔を崩して本気で笑った。

本気の笑顔は素晴らしい。髪も乱れているせいだろうか。優しげで、これまで見ていた出水の表情の中でも、最高に思えた。

「俺が今、三十一だから、君は二十四？　五？」

「二十五になりました」

「とてもそうは見えないな。まだ大学を卒業したばかりみたいだ」

出水に言われて、瑞樹は恥ずかしくなる。

いつも若く見られてしまう。そのせいで苦労していることの方が多かった。

「子供っぽいって、よく言われます。自分では大人になったつもりなんですけど」

「それはそれで個性さ。いいじゃないか」

瑞樹を見つめて、出水はさらりと言った。

最初の頃と、イメージがずいぶん違っている。冷たいだけの男じゃない。そう思うと、ますます出水に惹かれていくのを瑞樹は感じた。

「それじゃ手伝ってもらうかな。今日の報告から」

突然、出水は仕事モードに入ってしまう。瑞樹はもっとプライベートな時間を続けたかったが、諦めて気になっていたことの報告を始めた。

「高額のアルバイトの話が、食事を貰うために並んでいる時に聞こえました。本国に帰国する前に、香港《ホンコン》旅行に行くだけというものです。小さな品物を運ぶんだと、盛んに若い男性が誘ってました」

「よくある手口だな。麻薬を運ばせるつもりなんだろう」

「サウラも恐らくは、同じ手口で勧誘されたんじゃないでしょうか。アリヤが触ってしまった袋の中に入っていた大麻樹脂は、ちょうど座薬のような大きさでした。何個か体内に入れて運ぶつもりだったんでしょうか?」

警察では、大麻樹脂はアリヤが自分で楽しむか、売る目的で所持していたのだろうとなっている。

殺されたサウラは、以前逮捕された時に薬物検査を受けていて、その時に反応が出なかった。検死の結果も、薬物を摂取していた徴候がなかったのだ。

それだけの理由で、アリヤが使用するつもりだったと結論づけてしまう刑事課に、瑞樹は怒りを覚えた。

だが瑞樹に与えられた役割は、正確に通訳するだけだ。無実を証明するのは、検察の仕事だと言われていた。

「ブツ運びのアルバイト勧誘、具体的な話は出てたか？」

「誘われた男性が、途中から興味を無くしたようなので、最後まで訊けませんでした。サウラにも誘いかけていたかどうか、あの話し掛けていた男を呼んで、任意で取り調べますか？」

「下手に動くと、大元まで辿り着けない。警察だけでなく、マトリ……麻薬取締局にも世話になりそうだ。大がかりな再捜査になるな。思わぬところでビンゴだった。まさかミサの後で、堂々と運び屋の勧誘をしているとはな」

出水が再捜査を考えてくれたことで、瑞樹はほっとした。アリヤの無実がこれで証明されれば嬉しい。

「だがアリヤ容疑者が、自分で大麻を吸っていなくても、帰国前に売り捌《さば》いて、金にしようとしたとも考えられる。だから大麻を持っていたサウラを殺した」

「そんなことはありません」

せっかく光明が見えたと思ったら、またもや出水は残酷なことを口走る。

「ないとどうして言えるんだ？　性善説か？　人を見たら泥棒と思え。どうしてそんな格言があると思う。実際、犯罪者は巧みに嘘をつく」

「アリヤは嘘をついていません。そんなことを議論しているうちにも、真犯人が逃げてしまいます。再捜査の準備を急ぎましょう」

優しいと思えた出水は、仕事となると冷酷だ。瑞樹のように単純に、アリヤの無実を信じることはしてくれない。

「問題はあの教会だ。設立は一年前。代表はあの男、スェラ・ドモソム。本職は貿易商となっているが、アフリカの民芸品や貴石を売買しているだけなのに、妙に羽振りがいい。六本木の新築マンションに住み、車も高級車だ」

「もう調べたんですか？」

「二日もあれば、調べるのは簡単さ」

出水はこともなく言った。こういった仕事の素早さが、出水を頼れる男だと印象づける。

それからは二人して、捜査会議でもしているような熱い話し合いになった。出水はアフリカ諸国の人々の暮らしぶりや、ものの考え方を知らない。それを理解した上で先に進もうとするから、次々と質問が出てくる。それが話を長引かせるのだ。

いつか外は薄暗くなり、夜が近づいてきている。

そろそろ帰らないととぼんやり考えていたら、出水がそんな瑞樹をじっと見つめて言った。

「悪いが、今夜はここに泊まってくれないか」

「えっ……？」

「アフリカのことを学ぶ時間がない。この事件が、ブラックマーケット絡みだとしたら、ここで取りこぼしたら大変なことになる。そのためにも、君の持っている知識が必要なんだ」

出水はいつになく真剣な顔をしている。そんな顔でそこまで言われると、瑞樹としては断りようがない。

「着替えも何もないので、よければ一度家に戻ってもいいですか？」

「着替え？　少し大きいかもしれないが、俺のを着ていればいいだろ」

「あっ、はい。それでは御言葉に甘えます」

瑞樹が頷くと、出水はほっとした様子を浮かべた。

「悪いが、一日では帰せないかもしれない。明日、出勤前に家に戻って、着替えを少し持ってきてもらった方がいいかもしれないな」

「……家に電話してきます。いいですか？」

「ああ。君の誰より大切なお母さんには、心配しないように言ってくれ」

「はい」

母を何より大切に思っていることを、出水に知られてしまったのは少し恥ずかしかったが、理解されたのは嬉しかった。

母との電話を訊かれるのは恥ずかしい。そこで瑞樹は、出水の部屋を出て外で電話を掛けた。

梅雨が近づいてきているせいか、風は湿気を含んでいて重たい。べたつく風に晒されながら、瑞樹は外の通路で携帯電話を開いた。

「あっ、もしもし…お母さん？　仕事がね、終わらないから、今夜、泊まりになるから」

電話の向こうでは、母が心配そうな声で何度も大丈夫と繰り返していた。

「平気……それより……明日からも泊まりになりそうだから、着替えとか用意しておいて。仕事の行きがけに取りに行くから……持ってくる？　いいよ、そんなことしなくても」

母なら検察に着替えを届けるくらい、本当にやってしまいそうだ。

そんなことまでさせてはいけない。きちんと断るためにさらに説得を続けようと思っていた瑞樹は、その時、マンションの駐車場に立つ二つの影に気がついた。

夜の闇のような黒い肌。その肌に似合う、派手な色のシャツ。

間違えることはない。この間六本木で追いかけた二人連れだ。一人のほうは、昼間も見かけたから間違いなかった。

いつからいるのだろう。瑞樹は気がつかないふりをしながら、巧みに彼等の視界から身を隠した。

出水の部屋から出て来たところを、彼等は見ただろうか。いや、二人がタクシーに乗って帰った時から追っているなら、部屋などもう突き止めただろう。ここにいることは、分かっている筈だ。

『どちらに泊まるの？　ビジネスホテルだったら、歯ブラシとかはあるでしょう。けれどああいったところの歯ブラシは、あまりいい品を使っていないから、自分用のを持っていったほうがいいかしら』

携帯電話からは、いつものように母のゆったりとした声が響いていた。

「お母さん……ちょっと呼ばれた。後でまた電話するから」

瑞樹は急いで電話を切ると、今度は出水に掛け直した。携帯を覆い、小声で話す。そんな必要はないかもしれないが、瑞樹は必要以上に警戒していた。

「出水さん……」

『なんだ、携帯なんかに掛けてきて』

「今、外に出られますか。あっ、そっと、気がつかれないように出て欲しいんですけど」

『……』

「駐車場に、さっき教会にいた男がいるんです」

『駐車場……』

それだけ呟くと、出水は携帯電話を一方的に切った。と、思ったら、そうっとドアを開き、腰を屈めて外に出てくる。

「……はっ、早い……」

「どこにいる？」

二人は非常階段の壁に身を寄せて、下の様子を窺った。

「あれです」

二人の男達は、明らかに誰かを待っている様子だ。

まさか出水の住むマンションに、彼等の友達が偶然住んでいるのだろうか。

相手もこちらの部屋の様子を時々窺っている。こっちも同じように監視していた。

瑞樹の体は、いつか出水にぴったり寄り添っていた。身を隠す場所が狭いので、仕方がないのだ。

襟足に出水の吐く息がかかる。出水の体の熱さが伝わってきて、瑞樹をも熱くしていた。

同性とはいえ、そんな時間が続くとおかしな気分になってくる。瑞樹の体が揺れて倒れそうになると、出水は素早く腕を伸ばして瑞樹をしっかり抱え込んだ。

「何しに来ていると思う?」

「僕らをつけてきて、どちらかが帰るのを待っているんじゃないでしょうか」

「何のために?」

「見られなかったと思ってましたが、やはり見ていたんですね。僕が刑事だと、知っていて様子を見に来たんじゃないですか?」

瑞樹は思い付いたままを口にしたが、それだけではなさそうだと思った。

刑事が身分を偽って教会に来たくらいで、果たして尾行してくるだろうか。そんなことをしたら、逆に疑われてしまうのが普通だ。

「職務質問、したほうがいいでしょうか?」

「下手に動かないほうがいい……」

出水はデジタルカメラを取りだすと、苦労しながら撮影し始めた。部屋を飛びだす時、瞬時にデジタルカメラを持ちだすのはさすがだ。

「今、職務質問しても、友達を待ってるとか言い逃れするだけだ。そこにいるだけでは、犯罪にはならない」

その時、近所を警戒中のパトカーが、サイレンを鳴らさずゆっくりと近づいてきた。二人の男は、パトカーを見るとすぐにその場を離れて、目立たない小径《こみち》に引っ込んでしまった。

「追いかけますか？」

「いや、やつらにはここで会わないほうがいい。他人の空似ってこともある。小川刑事が、今日、教会に行った人間と同一人物か、あいつらだって確信はないんだ。我々が外国人の見分けが付きにくいよう、日本人の見分けがつかないかもしれない。だから、このまま研究員のふりを続けよう」

「はい」

彼等の姿が見えなくなったと同時に、二人は部屋にそっと戻った。

メモ用紙の散乱した部屋に入ると同時に、二人はお互いを見つめ合う。これまでになかった緊張感が高まっていた。

「小川刑事、明日からまた忙しくなりそうだ。六本木署の人間には悪いが、初動捜査を間違えている。どうやらかなり大がかりな犯罪の臭いがするな。そう思わないか？」

出水の声には、高揚感が感じられる。どうやら出水という男は、困難な事件の解決に向かって燃えるタイプのようだ。

「そう思います」

「とりあえず……」

何からするつもりだろう。瑞樹はすぐに動けるように、神経を集中して構えた。

「とりあえず……飯にしよう。デリバリーのピザでいいか？」

「……はい……」

真面目な顔で言う出水の様子に、危うく噴きだしそうになりながら、瑞樹は出水が差しだしたピザ屋のメニューを受け取る。

ふと、毎日外食ばかりの出水の食事が、決して健康にもよくないいななんて、余計なことまで心配してしまった。

「あの、よければ何か作りましょうか？」

瑞樹の申し出に、出水は笑いだす。

「この家のキッチンを見れば分かるだろ？　コーヒーを淹れるのがやっとさ」

「……そうでしたね。でも、余計なことかもしれませんけれど、食事をきちんとしないと、体調を崩します。それで余計にイライラするんじゃないでしょうか」

「そうか……それはあり得るな」

珍しくも出水は、素直に瑞樹の言葉を聞き入れた。

「だが、今夜は無理だ。買い物に行っている余裕もない。時間がもったいないだろ」

「そうでした……」

時間がもったいないと言われれば、瑞樹にも反論は出来ない。そこで黙ってメモの整理に戻った。

内心、がっかりしている自分がいた。せっかく出水のためにしてあげられることが見つかったというのに、何も出来ないのが歯痒い。

「出水さん、食べたいものってありますか?」

それでも諦めきれず、つい訊いてしまった。

「ん……そうだな。旨い卵焼きかな……」

「卵焼きですか?」

「あれって、作る人間によって味が変わるだろ」

「あ、ああ……」

ではは出水にとって、おいしい卵焼きとはどんな味なのだろう。訊きたいと思ったが、それを訊いてどうするのだろう。

出水のために、好みの味の卵焼きを焼くつもりなのだろうか。

出来るかも分からないというのに、なぜか瑞樹はそんなことばかり考えていた。

瑞樹は旅行者らしい外国人に、丁寧に行き先を説明している。どうやらポルトガル語らしいが、側で聞いている出水にも内容はさっぱり分からなかった。

「どうもお待たせしました」

旅行者と笑顔で別れると、瑞樹は出水の元に戻ってくる。

今日でもう四日、瑞樹と一緒に暮らしている。その間に出水は、何度も決定的な失望の瞬間を待ったが、願いは一度として叶えられなかった。

天使は今日も天使らしく、見知らぬ外国人にまで笑顔を向けている。昼食を摂るために外に出てきたが、きっとまた瑞樹は、アリヤのために差し入れの何かを買って帰るのだ。

取り調べは先に進まない。アリヤが日本に来る決意をした時点まで遡《さかのぼ》ったが、どこにもアリヤを陥れようとするような人間の影はなかった。

このままではアリヤは有罪になってしまう。国選の弁護士をつけているが、やはり言葉の壁は大きい。

出水なりに再捜査を開始しているが、無実を証拠立てる決定的なものが何も見つかっていなかった。

苛立ちがつのると、出水は無口になりいつもより短気になる。今日の昼食も、席に着いた途端にメニューを見ることもなく、店員に本日のランチと告げていた。

だが瑞樹のほうは、のんびりとメニューを眺めている。いつもは弁当持参だから、出水といることで外食の機会が増え、まだメニューそのものが珍しいのだろう。

「どれもそんなに変わり映えしない。肉か魚か決めればいいだけさ」

苛ついた口調で言ったのに、瑞樹はにっこりと微笑み返した。

「出水さんとの仕事が終わったら、またお弁当になりますから。今のうちに楽しんでおきたいんです」

「楽しい？　こんなランチが楽しいのか？　それより、毎日、お母さんのおいしい弁当を食べられるほうがずっと幸せだと思うがな」

皮肉な口調にもめげず、瑞樹はゆっくりと吟味した後で、もっとも平凡な本日のBランチを頼んでいる。

その程度のものを頼むのだったら、最初から悩むなと言いたい出水だったが、瑞樹の笑顔を見ているといつか苛立ちも鎮まっていた。

いい家で大切に育てられたのだろう。瑞樹は店員のサービス一つ一つに、ありがとうと応えていた。

食べ方も実に綺麗だ。好き嫌いもないのか、何でも残さずにおいしそうに食べる。

出水はいつも食べるのが早い。時間がもったいないと思ってしまうせいだ。

なぜか背後から追われているような気がする。もう五分、食事のために時間を費やしたところで、事件の解決が延びるなんてことはない。それは分かっていても、自分のために使う時間はいつでも最低ぎりぎりにしてしまうのだ。

そのせいで無駄な時間が出来ると、つい苛々してしまう。こんなところは父にそっくりだ。この調子では、いずれ父のように体を壊すかなとも思った。

恋愛に時間を割くなんて、人生におけるもっとも無駄なことだと出水は考えてきた。けれど今なら、母の気持ちも少しは分かるような気がする。

いつも苛立っている父には、母の寂しさを理解する余裕などなかったのだろう。眉間に皺を寄せ、家での段取りが少しでも悪いと母に文句ばかり言っていた。

そうしているうちに、母から笑顔が消えていき、いつか能面のような顔で父の側に控えているようになった。

あの母も、再婚相手の男の前では笑うのだ。

今の瑞樹のように、無心な笑顔を浮かべているのだろうか。

「食べるの遅くてすみません」

出水が食べ終えてお茶を飲んでいるのに、瑞樹はまだ三分の一を残している。自分の部下だったら、さっさと食べろと叱責《しっせき》するところだが、瑞樹に向かってそれは出来なかった。

「君の弁当に、嫉妬していたのかもしれない」

思わぬ呟きが、出水の口をついて出た。

失敗したなと思った出水は、こんな時は煙草を吸える男が羨ましいと思った。煙草を吸うという行為に没頭していれば、おかしなことを口走らないですんだだろう。けれどお茶を啜っているだけでは、つい本音も溢れ出てしまうらしい。

「嫉妬……ですか？」

瑞樹は怪訝そうな顔で訊いてくる。

「母親に弁当なんて作ってもらったのは、中学生の校外学習が最後だった。家にいても、食事をするのはほとんど一人だったし……そのせいかな。食べるのがやたら早くなった」

「そうだったんですか……味わって食べるのは、あまりお得意じゃないみたいですね」

瑞樹は優しげな笑顔を崩すことなく、さらりと言った。

「そのとおり。食事でさえも、無駄な気がする。いつも何かに追われているみたいで……味気ない人生だな」

さっさと一人で食事を終えて自室に籠もるのが、出水の学生時代の生活だった。それも大学生になってからは、外で食事をしてしまうことがほとんどになり、最後に親子三人で食事をしたのは、父が亡くなった年の元旦だけだった。

「君は……おいしそうに食事をするんだな。羨ましいよ」

「日本で食べられるものは、本当においしいですよ。こんなおいしいものが食べられて、僕は毎日感謝しています」

素直に言葉を返されて、出水の胸はことんと音を立て動悸を速めた。

瑞樹を嫌いになったり、もっと苛立ったりしてしまえばいいのに、どうにも落ち着かない気分になってくるばかりだ。

こうなったら一日も早く、事件を解決するしかない。そうすれば瑞樹との同居を続ける理由は無くなるし、二度と顔を合わせなくても済むようになるのだ。

そうなったらなったで、寂しいと感じるだろうか。

出水は寂しいと思う自分を、想像することも出来なかった。

「少し安心しました。出水さん、外食でも結構、バランス考えて食事してますよね」

「えっ……」

自分のことをよく見ている、そう思った途端に、出水の中で不思議なイメージがわき上がる。

天上から飛来した天使が、優しく見守ってくれている図だ。

その天使はなぜか黒髪で、瑞樹の顔をしている。

「別に考えているわけじゃない。体が要求するものを食べてるだけさ」

褒められたことが照れ臭い。天使に頭を撫でられた気分だった。

「本来、動物ってそういうものですよね。野生が残っているいい証拠です」

「野生か……」

獣は腹が減っていれば、相手が天使でも平然と食べるだろう。

出水は自分が空腹なのかどうか考える。

空腹なのかもしれなかった。

心の中にある空洞が、何かで満たされたいと感じている。その飢えが出水を獣へと変えていき、野生の本能は瑞樹なら食っても害がないと、出水を誘惑し始めた。

笑顔を見せながら、平然と裏切る。そんな人間とは、個人的に関わりたくない。瑞樹は裏切らないだろうか。この優しい笑顔が実は作り物で、中身は悪魔だとしたらどうだろう。

逆に出水の飢えた心を利用して、姑息な脅しを掛けてくるかもしれない。

人間は信じられない。自己保身のためなら、平気で嘘を吐く。

夫を平然と裏切り続けた母のように、笑顔の下に何を隠しているのかは、誰にも分からないのだ。

だから嘘を暴く検察官になった。

嘘を見抜くのは得意だと思っているが、瑞樹からは嘘が一つも感じられない。

「君は恋人を作らないのか？　それとも、もういるのかな」

こういった立ち入った質問には、嘘を吐くだろうか。試すつもりで訊いたのに、瑞樹はあっさりと本音で答えた。

「母以上の女性はいないと思っているので、恋愛は無理でしょうね」

「おい、そういうのはマザコンって言うんだぞ。たとえそれが本音だとしても、男はそういったことを堂々と口にしないものだ」

いくら嘘がないとはいえ、恥ずかしくなく口に出来るものだと出水は呆れた。

「そうですね……だけどこれが本音です」

「……ゲイなのか？」

そんなことまで訊くなんてどうかしている。けれど口にしたのは、出水がその部分を一番知りたいと思っているからだった。

「分かりません。国によってはいろいろでしょう。いけないとする国もあるし、自由な国もあるし」

「君はどうなのかって、訊いてるんだ」

「好きになった人が同性なら、そうなるんでしょうね。経験がないから、分かりません」

この調子では、セックスの経験なんて全くないのだろう。

それとも天使だったら、そういったものとは無縁のままでも困らないのかなと、出水は非現実な考えに取り憑《つ》かれる。

瑞樹は天使なんかじゃない。そんなに純真で無垢な人間なんて、いる筈がないと出水は思う。

抱いたらどうなるのだろう。

羽を毟《むし》られ、地上に叩きつけられてもなお、天使のままでいられるものなのだろうか。

「ご馳走様でした。待たせてすみません」

瑞樹は両手を合わせ、拝むような真似をする。それは食事を得られたことに対する、感謝の印なのだろうか。

何を妄想に取り憑かれているんだと、出水は苦笑いを浮かべた。けれど一度芽生えた妄想は、どんどん膨らんでいき、出水の中で新たな欲望が育ち始めていた。

それを消す努力を、出水は放棄している。

瑞樹が自分の相手ならいいと、出水は思い始めていたのだ。

もしそんな関係になってしまっても、瑞樹が裏切らなかったら、出水はもう一度人間を信じられるような気がする。

瑞樹が豹変し、今と全く違った人間になってしまったら、出水は二度と人を愛したり、信じたりするものかと思うようになるだろう。

自分勝手な理屈だというのは分かっている。瑞樹で試そうなんて、とんでもないことを考えるなと自分を戒めたい。

けれど出水は試したい。試したくてたまらない気持ちになっている。

素直に愛を信じたり出来ない自分を、出水は何かのきっかけで変えたいと思い始めていたのだ。

バッグの中には、丁寧に畳まれた下着とワイシャツ、ネクタイと靴下が入っている。それ以外にもパジャマがちゃんと用意されていた。

けれどそれも三日目になると、ついには底をついた。洗わなければいけない。

瑞樹は貯まった洗濯物を見ながらため息を吐いた。

検察庁から出水の家に戻るのも、かなり遅くなる。日中、一日かけて調べたことを、整理して先に進むための時間が必要だった。

そのため、この三日間、出水の家に戻ってもゆっくり寝ている時間もない状態だった。

二人とも、疲労が溜まっている。それなのに部屋は散らかり、着替えにも不自由しているというのは、帰ってもリラックス出来る状態ではない。それは瑞樹としては許せないことだった。

「出水さん。すみません。僕の限界に達しました。掃除と洗濯させてください」

時間は午後の八時を過ぎていたが、瑞樹は出水の部屋で、掃除と洗濯を開始した。出水は調査書の整理をしていて、ばたばたと動き回る瑞樹のことを、ちらっと見ただけだ。

「デリバリーの食事も飽きました。よろしければ、何か作らせてください」

頭にバンダナを巻き、掃除機を手に真剣な顔をした瑞樹の申し出に、出水はやっと調査書に向けていた顔を上げた。

「やれるのか?」

「父と一緒に世界各国を旅していた時は、料理も掃除もやりました。今は母がいるから、何もさせてもらえませんが、得意なのはダチョウの卵料理です」

「ダチョウの卵は……スーパーに売ってないだろ」

「……」

二人はしばらく沈黙する。

先に笑い出したのは出水だった。

「無理しなくてもいいよ。この家の冷蔵庫には、ダチョウの卵どころか、鶏の卵すら入ってない。それより仕事を急ごう」

「いいえ、駄目です。こちらにずっとお世話になって、毎回お食事をご馳走になってますが、いつもデリバリーか外食ばかりで」

「いや、そういうのはいいんだ。とうに諦めている」

諦めるという言葉に、瑞樹は素早く反応した。

心のどこかに期待感があるから、諦めるという言葉が出るのだ。それを聞いて瑞樹は悲しくなる。

出水は仕事のために、たくさんのものを犠牲にしているのだ。その中には、家での寛《くつろ》ぎというものも含まれている。

「僕、買い物に行ってきます。いけませんか」

「……一応、調理道具とかはあるが、使えるかどうか保証はないな。それより……仕事した方がよくないか」

「嫌です。本当のことを言うと……僕も考えすぎて疲れました。少しリラックスして、視点を変えたほうがよくはないですか？」

それは瑞樹の本音だった。

「分かった。それじゃダチョウの卵でも、ワニの肉でもいいから、好きなものを買ってきてくれ」

「ありがとうございます」

バンダナを外し、瑞樹は出水に向かって一礼すると、財布を手にして部屋を出た。

考えを整理したい。

調べれば調べるほど、謎は大きくなっていく。

面識もないのに、なぜサウラはあの部屋にいたのか。

ドアをピッキングした様子はないし、アリヤは鍵を閉め忘れるような男でもない。

誰かが合い鍵を用意したとしか思えないが、そこまでする意味は何なのか。

そこがどうしても引っかかって、瑞樹は前に進めない。

アリヤはレストランで働いていた時は、ロッカーに鍵も掛けずにいたという。そうなれば誰にでも、アリヤの部屋の合い鍵を作れる可能性が出てくる。

粘土に鍵を押しつけて型を取れば、すぐに合い鍵など出来てしまうのだ。

だがレストランの従業員には、アリヤを陥れるような人間はいない。彼らを調べても、怪しい人間は一人としていなかった。

レストランには業者も大勢出入りしている。従業員だけを疑うことは出来ない。

サウラはなぜ、よく知らない男の家にまで従順に付き従ったのだろう。それもまた謎だ。殺されるなどとは思いもしなかったというのは、抵抗した様子がほとんどなかったことから想像される。

そんなことを考えながら、瑞樹は二十四時間営業しているスーパーで、カートに食べ物を入れていた。

母のように完璧な料理は出来ない。それでもデリバリーの料理よりはましだ。化学調味料や保存料を大量に含んだ、決して健康的とは言えないものを食べるより、多少味に問題があっても、手作りの料理のほうがいいに決まっている。

何を作ろうかと考えながら歩いているうちに、瑞樹の脳裏に懐かしいアフリカの大地が蘇った。

食材も限られていて、食事は毎食質素なものばかりだ。それでも子供達は食事を楽しみにしていて、女達は期待に応えるべく、腕を奮っている。

日本の食卓から失われつつあるものが、まだあそこにはある。

懐かしく思いだしながら、瑞樹は卵と野菜、それにベーコンの塊とパンを買った。出水の家に、炊飯器があったかどうか思いだせない。あったとしても、今から米を炊く時間はないだろう。そうなったらパンのほうが早い。

「あっ、トイレットペーパーも買っておかないと……それと食器洗いの洗剤もいるな」

一人暮らしなどしたことがない瑞樹だが、父との二人暮らしでは、いつも母の役をやっていた。その経験がこんな時には蘇る。

いろいろと買い込んだら、かなりの量になった。両手に袋を抱えてよろよろとスーパーを出たら、そこに出水が待っていた。

「出水さん、わざわざ迎えに来てくれたんですか?」

「君の言った通りだ。少し頭の中にも風を通したほうがよさそうだな」

部屋の中で、調査報告書を睨んでいるだけでは、やはり事件の解決には至らない。人が生きて生活している場所を目にしたりすると、事件の思わぬ側面が見えてきたりするものだ。

「持つよ」

出水は重そうなほうの袋を、瑞樹の手から奪った。

家までの道を、二人肩を並べて歩く。どちらも頭の中にあるのは事件のことばかりのせいか、口は重く会話も弾まない。

「今日はパンにします。炊飯器、あるかどうか分からないので」

「炊飯器か、そんなものもあったような気がするが……大学時代から、ほとんど外食だったからな」

「外国によっては、レストランなんて滅多にない国もあるんですよ。そうすると地元の市場に行って、材料を買ってきて自分で調理するんです。携帯用のガス調理器と小さな鍋だけで作れるものって、限られてますけど」

「日本は恵まれてるな。恵まれすぎていて、何か大切なものを見失ってしまったように感じる」

出水の言葉に、瑞樹は小さく頷いた。

「他の国の人達から見たら、ここはパラダイスに思えるでしょう。だけどパラダイスはどうして本物のパラダイスにはなれないのかな」

瑞樹の悲しげな声に、出水は励ますつもりか肩に優しく手を置いた。

そのままゆっくりと歩いて、マンションに帰り着いた。ちょうど帰宅した近所の住人が、体を寄せて歩く二人の様子に、ぎょっとしたように足を止めた。

男が二人、手にスーパーで買ったものをぶら下げて歩いていたら、やはり異様に映るだろうか。出水は苦笑いを浮かべて手を離したが、瑞樹は全く気が付かない。

様々な国で生活してきた瑞樹にとって、日本ではどういったことが人々の眉を顰めさせるかといったことが、今一つ、よく分かっていなかったのだ。

「人間は本来、悪なのか……善なのか。どう思う?」

部屋に入った途端に、出水は突然質問してきた。

瑞樹はキッチンに入り、急いでジャガイモの皮を剥きながら、出水の質問の意味を考える。

「いきなりどうしたんです?」

「キリスト教では、人間は本来悪だとなっている。日本の仏教では、人間は元々は善だとなっている。君は、どう思う」

キッチンに入ってきた出水は、瑞樹の仕事を手伝うつもりなのか、一つ一つの食材を手にして考え込むような顔をした。

「宗教の問題となると、あまりにも深すぎて……。僕は人間は本来、善なるものだと信じていますけど」

「善なるものが、どうして悪に染まるのか。悪魔の誘惑? 無神論者のところにも、悪魔はやってくるものなのかな」

出水の様子が、いつもと違う。さすがに出水も、連日の寝不足で疲れてきているのだろう。なのに食事を待たせている。瑞樹はすまないと思って、手を急がせた。

「卵を茹でます。基本ですよね。世界中どこでも、ゆで卵は食べられますよ」

そんな出水の沈んだ気持ちを高揚させようと、瑞樹は思いきり明るい口調で言った。

「ベーコンとキャベツとジャガイモのスープです。これって、一番簡単でおいしいんですよ。水からベーコンを鍋に入れて、ぐつぐつ煮るだけですから」

「手伝うことは？　言ったらやるよ」

「それじゃ、スープを入れられるようなお皿を用意してください」

瑞樹に命じられた出水は、手を伸ばして上の棚から皿を取ろうとした。その時に、二人の体は必要以上の距離で近付いていた。

「おっと」

出水の体が揺れて、瑞樹に抱きつくような形になる。瑞樹は包丁を手にしていたから、慌てて包丁をキッチンのシンクの中に置き、出水の大きな体を支えた。

「ごめん」

焦った出水は、思わず瑞樹の体をしっかりと抱き締めていた。

瑞樹も出水の重さを受け止めるために、その体にしがみつくような形になってしまう。二人はそのまま黙って見つめ合っていた。

不思議な沈黙が流れる。

不自然な状態で抱き合っているのに、互いに体を離すことが出来ないままだ。

何でこんなにどきどきするのだろう。ハグなんて有り触れた行為だし、今は体勢が崩れて、互いに支え合っているだけだ。

笑って誤魔化せばいいだけなのに、どうしてそんな簡単なことが出来なくなってしまったのか。

何か言わないといけないと瑞樹は口を開きかけたが、どうしても上手い言葉が見つからない。

すると出水は何を思ったのか、いきなり瑞樹の顔に自分の顔を近づけてきて、キスをしてきた。

世界中、様々な国でキスは挨拶代わりだ。髭を生やした大男同士が、がっちり抱き合ってキスをしているシーンをよく見かける。

だが日本では、キスは特別な行為だった。

恋愛関係の最初の入り口。そして性愛の一つのテクニック。

同性でキスを交わす習慣は、日本にない。

出水はどうしてしまったのだろう。疲れて、おかしくなってしまったのかと、瑞樹は狼狽え、どう対処していいか分からなくなってしまった。

頭の中は真っ白だ。

突き飛ばすことだって出来るのに、それが出来ない。

出水が正気に戻ってくれと願うだけだった。

「誰でもみんな、いい人だなんて思うんじゃない」

唇が離れた途端に、出水は怒ったように呟く。

「出水さん、どうかしたんですか?」

顔つきもいつものクールな出水のものではない。何に苛ついているのか、どう見ても怒っているようにしか見えなかった。

「何を怒ってらっしゃるんですか?」

「人間なんて、みんな汚いもんだ。俺も汚い人間だよ」

「い、今したことで御自分を責めていらっしゃるなら、そんなに気になさる必要はないです。僕なら、平気です。諸外国では、こういった挨拶も……」

明らかに挨拶と違うキスが、再び瑞樹を襲った。

さすがに今度は怖くなったが、狭いキッチンだ。逃げようにも、逃げ場はない。

「な、何、するんです」

体をずらしてどうにか避けながら、瑞樹は必死な声で言った。

「毎日一緒にいて、君を見てるうちに……おかしな気分になってきてるんだ。自分を自制するのが難しい」

「はぁ？　そんな気配、何もなかったじゃないですか」

せめてアイコンタクトでもしてくれれば、瑞樹にも考える時間が持てただろう。いきなりの展開に、瑞樹は混乱を深めるばかりだ。

「どうして一言、言ってくれなかったんですか」

「言ってどうなるんだ」

「……」

「そして……どうするんだ」

出水の顔は真剣そのものだ。

これまでは仕事の真剣な顔ばかり見ていた。プライベートでのこんな顔は見たことがない。だから余計にどう対応していいか分からない。

「出水さん、とりあえず食事にしませんか？　きっとお腹が空きすぎて、おかしくなってるんですよ」

「そんな単純な問題じゃない。どうして君なんだ。毎日、一緒にいた。ただそれだけなのに、君を……どうやら違う目で見ている」

「それって……」

僕を個人的に好きだってことですかと言おうと思ったら、またもや唇は塞がれてしまった。

出水も戸惑っているんだと、瑞樹も気がついた。

つい勢いづいてキスまでしてしまったが、その先にまで進む自信がないのだろう。

狭いキッチンの中、二人は抱き合って固まっていた。

鍋の中の水が沸騰したのか、湯気でじんわりと熱くなり、ぶつ切りで放り込まれたベーコンがいい匂いをさせ始めていた。

出水は手を伸ばすと、そのままガスのスイッチを切ってしまった。

それがスタートの合図だったのだろう。気がつくと出水の手は、無理矢理に瑞樹の服を脱がし始めていた。

「やめましょう。やめて……ください」

「どうやったらやめられるか、教えてくれ」

瑞樹にも分からない。

だから教え諭すことなんて出来なかった。

「あっ、ああっ、そこは……ま、まずいです」

気がついたらズボンのベルトまで外されていた。押さえようとした瑞樹の手は、つい出水のその部分に触れてしまった。

どうなっているかは、はっきりと分かる。

出水は興奮していた。

子供ではないつもりだ。だが大人でもない。

瑞樹はこういった場合、どうしたらいいのか全く分からない。派手に騒いで拒絶するのか、またはすべてを受け入れるのか、二つに一つしか選択肢はないように思える。

出水にいいように脱がされるままになっていた。シャツは脱がされ、ズボンはずるずると落ちていく。そのうちに瑞樹は、出水によってキッチンから引きだされてしまった。

「出水さん、何するんですかっ」

「こっちで」

「こっちって!」

明らかに寝室に向かっている。

瑞樹はそのまま引きずられていくしかなかった。

寝室の空気は澱《よど》んでいる。窓を開いていないせいだ。いつもは疲れ切ってただ眠るだけだったから、部屋の匂いまで意識したことはなかった。

無言でベッドに押し倒されながら、瑞樹は部屋に満ちている出水の匂いを強く意識した。ここは出水の神聖なテリトリーで、そこに瑞樹は迷い込んだのだ。

テリトリーを犯した獣は、食われるか、追い払われる運命だ。

瑞樹は食われようとしている。

こうなる可能性だってあったのに、何も迷わずに、床に布団を敷いてずっと同じ部屋で寝ていた。ベッドと床の違いはあったが、同じ空間で眠っていたのだ。

一度でも、こんな展開を瑞樹は予想しただろうか。

しなかったから、何も考えずに出水との同居を楽しんでいたのだ。

ゲイなのかと訊かれたときに、明確な返事が出来なかった。それが出水に、こんな行動を取らせたのだと分かっている。出水のようにいつも冷静でドライな男が、確証もなくいきなり抱こうなどとする筈がない。

なぜ答えられなかったのだろう。

瑞樹も心のどこかで、こんな展開を待ち望んでいたからではないのか。

そんな気持ちが生まれていることに、瑞樹は気が付かないふりを続けていただけだ。

出水を好きだったが、こういう関係になるには勇気がいる。それだけの勇気はあるのだろうか。瑞樹はしっかりと目を見開き、自分を抱こうとしている出水の表情を見つめた。

「急ぎすぎてるか?」

瑞樹の視線を受けて、出水は困ったように言う。

「はい……出水さんらしいです。急ぎすぎてますよ」

「そうだな。自分勝手で、卑劣な男だ」

自嘲しながらも、出水の手は動きを止めない。いつの間にか瑞樹の体から、着ているものを綺麗に脱がせてしまった。

「綺麗な肌をしている。大切に育てられたからだな」

出水の手が、何の隆起もない瑞樹の胸を撫でている。くすぐったさと、ぞわぞわする妖しい感じがして、瑞樹はじっと耐えているのがやっとだった。

自分でも肌の綺麗さには自信がある。母譲りのきめの細かい肌は、いつでもしっとりと濡れたような感触を保っていた。

だが瑞樹は男だ。自分の肌の美しさを、これまでは誰にも評価なんてされたことはない。触られているうちに、どきどきしてきた。

これは運命なのだろうか。これまで女性と付き合うこともなく、ずっと独りでいたのは、出水と巡り会うためだったのかもしれない。

そんな気がして、瑞樹は出水の腕にそっと手を伸ばした。

突然、出水は笑いだす。

忍び笑いといった感じだった。

笑いながら、出水は瑞樹の体を改めて強く抱き締め、キスをしてきた。

瑞樹だってキスくらいはしたことがある。けれどそれはどれも挨拶のキスだった。

こんな情熱的なキスは初めてだ。舌が入ってきても、どうしたらいいか分からない。戸惑いながらも、それとなく真似してみたが、やはりうまくは出来なかった。

もっとうまく出来たら、出水は笑ってくれるだろうか。そういえば出水の笑った顔を、まともに見たのはこれが初めてのような気がする。

瑞樹を抱くことで、滅多に笑わない出水も笑える。そう思うと嬉しくてたまらない。

「出水さんに……もっと笑って欲しい」

唇が離れた途端に、瑞樹は甘い声で囁いていた。

「笑えるようなことがあまりないんだ」

出水は少し悲しそうな顔をしながら、瑞樹の胸に唇を押し当てる。

そういうことをするのは、女性を抱くのと同じルールなのかなと瑞樹は考える。そしてじっとされるままになりながら、でも自分の体には、女性にある筈のものがないことを思いだした。

出水だって当然そのことは分かっている筈だ。これからどうするつもりだろうと、瑞樹は好奇心いっぱいの目で、じっと出水を見つめていた。

「そんなに見つめられると、悪魔になりきれない」

「えっ……」

「何も知らない、純真な君を犯すなんて……俺はどうかしてる。悪魔に見えるだろ」

「悪魔には見えません」

思いきり首を振って、瑞樹は否定する。

「怖くないか?」

「怖い？　怖いようなこと、するんですか？」

「しないよ。だけど、少しは痛むかもしれない」

出水の指が、思ってもいなかった場所に添えられた。

「あっ！」

その時、瑞樹の脳裏に浮かんだのは、羊飼いの姿だった。羊飼いの少年は、羊のその部分を使って愉しむと聞いたことを、なぜか突然思いだしたのだ。

「しまった。綺麗に洗っておけばよかったですね」

瑞樹の泣きそうな声に、出水は何ともいえない笑顔を浮かべた。

「こんなことされるのに……許すのか」

「出水さんだから許します……これが僕らの運命だと信じてますから」

ここで目を閉じてあげたほうが、出水が次の行為に移りやすいかもしれない。そう思った瑞樹は、静かに両目を閉じた。

じっとしているだけでいいのか。自分に協力出来ることはないのか。もっと何か甘い言葉を言うべきなのか。

頭の中はぐるぐるしているが、それを言葉にするだけの気持ちの余裕がない。

そうしているうちに、内部に出水の指を感じて、思わず瑞樹はさらにぎゅっと目を瞑った。

なぜか母の姿が浮かんだ。

お母さん、ごめんなさい。僕はもう結婚することはなくなりました。これが運命だから、僕は一生、出水さんについていきます。

そんなことを考えているうちに、痛みが出水を襲った。

「ああっ！」

情けない声が上がる。瑞樹は出水が心苦しく思ってはいけないと、急いで口をしっかり引き結んだ。

「笑って……笑ってくれよ」

困惑した出水の声が聞こえる。

「目を開いて、笑って俺を見てくれ」

「はっ、はいっ」

目を開いた途端に、たまらなく恥ずかしくなってきて、瑞樹は出水の体を自分に引き寄せ、そこに隠れようとした。

けれど出水はそれを許さず、瑞樹の体を見下ろしている。

どんな表情を浮かべたらいいのだろう。瑞樹は笑おうとしたが、痛みを伴う不思議な感触に怯えて、いつもの半分も笑えなかった。

「君も人間なんだな」

「はい？」

「天使なのかと思った」

「そ、そんな」

「翼を隠した天使だ」

出水は瑞樹の体を俯せにして、背中を撫で始める。

「ここに羽があってもおかしくない」

そんなことを言うような男ではないのにと、瑞樹は訝《いぶか》しむ。もしかしたら天使の降臨を待っていたのだろうか。それは救いを求める、孤独な人間が思うことだ。

完璧な強さを持つ男に思えたが、出水も孤独な魂を抱えているのだと思うと、瑞樹の胸は痛む。

そのまま出水の指は、瑞樹の背骨をなぞっていって、盛り上がった肉の間にある穴の部分へと再び侵入していく。

「自制心が吹き飛んだ……俺のような人間には気をつけたほうがいい。真面目そうな顔をしているが、一度切れると何をするか分からないからな」

出水はその部分を指で拡げている。ぬめった感じがしているのは、唾液で濡らしているからだろうか。

体内に他人を受け入れるのは、これが初めてだ。けれど出水が相手だと思うと、嫌な感じは全くしなかった。

「アフリカのある部族は……大人になるために、強い男から精液を貰うといいます……」

「これは儀式なんかじゃない」

「だけど……僕にとっては、出水さんを受け入れる大切な儀式です」

ただ欲望のままに進むのではなく、二人にとって神聖なものであって欲しかった。そう思う瑞樹の心が、そんなことを言わせる。

「あっ！」

十分に広がったとは思えないのに、出水のものが侵入してくる。痛みはあって、瑞樹は本能からか出水の腕の中から逃れようとしていた。

けれど出水は獣の牡のように、瑞樹の体をしっかりと抱えて離さない。

「うっ、ううう」

「痛くても我慢してくれ。ライオンに噛まれるよりはましだろ」

「噛まれたことないから……分かりません」

すると出水は瑞樹の背中に顔を近づけてきて、甘く肩口に歯を当てた。

「食べ頃の天使だな……」

しっかりと出水の腰に手を回し、肩を噛みながら、まさにライオンのようなセックスが始まった。

「んっ……うっ、ううっ」

痛みに呻くしか、今の瑞樹には出来ない。けれどこの痛みを克服してしまえば、出水とより深く繋がることが出来ると思えば、どうにか耐えることも出来た。

「いい感じだ。呑み込まれていくみたいだ」

出水は独特のリズムで動き始める。それにつれて瑞樹のその部分は、痛みとともに不思議なむず痒さを感じ続けた。

決して気持ちいいとはいえない。けれどこれまで知らなかった感覚の中に、微かに快感への予感はあった。

「あっ……ああ」

ベッドは激しく軋み始める。瑞樹の足は、シーツにこすれて微かに痛んだ。目を閉じていると、出水の粗い息だけが聞こえる。それは獲物を追うために、走り続けた後の獣のようだった。

「う、うう」

瑞樹も獣のように呻く。すると出水の体の動きが止まった。

終わったのだろうか。案外、呆気なく終わるものなのだなと思っていたら、瑞樹は自由になり、背後から出水の重さが消えた。

「すまない……自分ばかり楽しんでるな」

そう言うと、出水は瑞樹の体を上に向かせた。

「一方的過ぎる……」

まだ屹立したままの状態のものが、目に入った。出水はそのまま呼吸を整え、瑞樹の体を持ち上げて上を向かせると、その両足を自分の肩に乗せてしまった。そして再び瑞樹の中に押し入り動きだした出水の手は、瑞樹のものを握っている。

「一緒に楽しもう」

「うっ、うう……」

痛みばかり気になって、楽しむなんて無理だと思った。なのに出水の手で弄られているうちに、瑞樹にも快感が兆してきた。

「そうだ……最初からこうすればよかったんだ。一方的にならないように、今度からは工夫しよう」

真面目な口調で出水が言ったので、瑞樹は思わず笑いそうになってしまった。

「笑ったな？　笑ったんだろ」

「は、はい。笑いました」

「俺は、これでも真剣なんだからな」

そう言う出水も笑っている。その顔を見ているうちに、瑞樹の中から羞恥心も消えていき、積極的に楽しみたい気持ちが沸いてきた。

出水の手の動きをしっかりと楽しむことにした。自分でも滅多にしない行為だけれど、人にしてもらうとこんなにも心地いいものなのだろうか。

「あ……き、気持ちいいです」

「これは好きなんだな？　一つ、学習した」

「は、はい。それは好きです」

「でも入れられるのは、あまり好きじゃない」

そう言いながらも、出水のものはしっかりと瑞樹の中に収まっている。

「き、きっと、いつかは慣れると思います」

慣れたら辛くなくなる筈だ。そうでなければ、こういう行為が好きな人間が、世界中に何万もいる筈がない。

「目を瞑ってもいいよ。そうすれば現実を見ないですむ」

「いいえ、だったら目を開けてます。これは現実で、僕は出水さんに抱かれてるんだから、他の誰かのことを考えているなんて思われたくありません」

話しているうちに、興奮が高まっていくのを感じた。下半身は充実し、若者らしい性急さで終わりを求めている。

「んっ……」

「そうか、ここが感じるらしい」

出水の親指の腹が、先端の裏側を激しくこすり始める。すると瑞樹はいきたくなってしまって、ついには身を捩って呻くことになってしまった。

「感じると中が締まるんだな」

「えっ……えっ？　……あ、ああ……あ」

何だか物事を考える余裕がなくなってきた。そのまま瑞樹の足は、自然と出水の体に絡まって、自分のほうに引き寄せようとし始めた。

「そうか……感じるとそういう顔をするんだ……」

「あっ……す、すぐにいきそう。わ、笑わないで……」

けれど出水は笑った。それはとても優しい笑顔だった。

「んっ……あっ……ああ」

いく瞬間、瑞樹は目を閉じる。出水の顔を見たくないからではなく、動物的な反応なのだろう。

「あっ、ああ……」

するりと出してしまったようだ。出水は手についたものをじっと見ながら、再び激しく腰を動かし始める。

そしてしばらくすると、瑞樹と同じように目を閉じて、最後の瞬間を迎えていた。

痩せた男が、山羊の背中を撫でている。ごつごつとした山間の風景の中、男は悲しげな表情を浮かべて飽きずに遠くを見つめていた。

『この部族は、貨幣の代わりに山羊を使うんだよ』

明らかにその声は父だ。

『私は山羊一頭と交換されたんだ』

あまりにもひどい。国際的な活動をしていて、高い評価も下されている言語学者が、山羊一頭の価値しかないのか。

瑞樹は怒ろうとして、目が覚めた。

夢なのにやけにリアルだ。父が、魂でメッセージをとばしたとしか思えない。

人間より山羊のほうが価値のある国もあるのだ。

日本ではどうだろう。人、一人にどれだけの価値があるのか。

何億の価値の人間もいれば、一円の価値もないと扱われる人間もいるだろう。それが今の日本の現実だ。

山羊を提供する代わりに、自分の肉体と時間を日本に提供したアリヤは何を受け取ったのだ。冤罪《えんざい》。

与えられたのは、何とも残酷な贈り物だった。

もっと素晴らしいものを贈ってあげたかったのに、自分の非力さが恨まれる。

核心に近付いている気配はあるが、今はまだすべての答えは出水の脳内にあるだけだった。

その出水と、いったい何をしたのだろう。

お腹がクゥーッと鳴って、瑞樹は自分がしていたことを一気に思いだした。

出水は隣で寝ている。鋭い眼光を持つ瞳が隠れると、出水の印象は大きく変わる。只の優しい色男にしか見えなかった。

二人とも、全裸のままだ。

瑞樹は自分の体の中に残る、むず痒いような痛みを強く意識した。

あの後、出水は何度も謝った。

それは無理に行為を急いだだけではない。心を置き去りにしたことを、出水は何よりも恥じていたのだ。

恨みはない。

本気で抵抗しなかったのは、瑞樹にも出水を受け入れる気持ちがあったからだ。

出水の寝顔を見ていると、不思議な感情がふつふつと湧いてくる。それは子供の頃、急に降り出した雨の日に、傘の用意もなく学校で母を待っている時の気持ちに似ていた。

大好きな人が、雨をも厭わずに自分を迎えに来てくれる。

それは何て幸せなことだろう。

瑞樹は一度として、雨の中、濡れて帰ったことがない。いつだって母は、瑞樹が不安になって泣きだす前に駆けつけてくれたのだ。

同じように、たとえ嵐になっても、出水は瑞樹を迎えに来てくれる。

そんな気がした。

自分だけの勝手な思い込みだとは思わない。瑞樹は人の善なる部分を信じる男だ。こうなってしまったからといって、出水が人間として瑞樹に対する態度が大きく変わるとは思いたくなかった。

「ご飯……作らないと」

突然、瑞樹は自分のしたかったことを思いだす。

世界中を旅して回ったが、どこでも何よりものもてなしは食事だった。

出水を喜ばせたい。

それは何も、自分の体を提供することだけではないのだ。

瑞樹はそっとベッドを抜けだすと、下着だけを身につけた。そして今更のようにパジャマを探しだして着ると、足音を忍ばせてキッチンに向かった。

ベーコンだけが入った鍋には、白い油が浮いて固まっている。

火を点けると、油はゆっくりと溶けだした。

急いで残りのジャガイモの皮を剥き、鍋に放り込んだ。そしてジャガイモが崩れるより前に、ぶつ切りのキャベツを鍋に放り込んだ。

母から料理を教わったことはない。なぜなら母は、瑞樹のために料理をしてくれる女性が、いずれ現れると信じているからだ。

だが父の考えは違っていた。

世界中のどんな場所に身を置くことになっても、自分だけでなく大切な人を守ってやれる力を持たないといけない。それには男といえど、食べるための努力を怠るなというものだった。

母を大好きな瑞樹だが、料理や洗濯をさせるためだけに、妻を迎えるという考え方だけは理解出来ない。

何より大切なのは、相手に対する愛情だ。

その愛情が同性に向かったとしたら、母は悲しむだろうか。

母を悲しませたくないけれど、今の瑞樹の気持ちはまっすぐ出水に向かっていた。

「旨そうな匂いがするな」

声がしたので、瑞樹はゆっくりと振り向いたが、出水の体はそのままバスルームに消えてしまった。

瑞樹はパンを取りだす。潰したゆで卵をその上に載せた。

そんなありふれた行為をしていても、なぜか幸せを感じる。

これまで知らなかった自分の姿に、瑞樹自身が驚いていた。

大きな皿にパンを並べ、ダイニングテーブルの上に置く。出水が出してくれた深めの皿を鍋の横に置き、いつでも中身を入れられるようにして待った。

「さっきは……その……すまなかった」

大急ぎでシャワーを浴びたのだろう。濡れた髪を拭きながら、出水は焦った様子でリビングに飛び込んできた。

「俺が悪かった。どんなに謝っても、謝って済む問題じゃないんだろうが」

出水の顔は真剣そのものだが、瑞樹はなぜか笑ってしまった。

スーツ姿で、いかにも検察官といった顔をしている時の出水と、あまりにもイメージが違いすぎる。

年上の出水が、なぜかとても可愛く思えてしまったのだ。

「食事にしませんか？　せっかく用意したのに、食べていただけないと、そっちのほうがずっと悲しいです」

「怒ってないのか？」

「怒る？　どうして？　怒るんなら、最初から怒ってます」

結果が出てから怒るのは潔くない。

そう父に教えられた。

瑞樹は笑顔を浮かべて、真っ直ぐに出水を見つめた。

「合意であれば、罪でも何でもない行為です。僕は、あなたを受け入れました。大切なのは悔いることではなくて、それをどうやってプラスに持っていくかです」

「素晴らしい言葉だな。救われたよ、ありがとう」

瑞樹に近付いてきた出水は、シャワーで温まった体で抱きついてきた。

ああ、寝室にあったのと同じ匂いだなと思った。出水に包み込まれるようにして抱かれると、瑞樹は安らかに眠っている時のように、安心してしまえたのだ。

「日付が変わってしまったな」

「あっ、そうですね」

夕食を用意するつもりがあんなことになってしまい、時間はもう深夜になっている。けれどお互いに空腹が耐えられないものになっていた。

「それじゃ食うか……」

髪もまだ乾ききっていない、ルームウェア姿の出水とパジャマ姿でダイニングテーブルを囲む。

どこの家でもある、ありふれた情景なのに心が弾む。

「おかしな夢を見ました」

スープを運びながら、瑞樹はつい口にした。

「父が山羊と交換されたんだと、愚痴っていた夢です」

「山羊？」

「はい。部族によっては、貨幣や人間よりも家畜のほうが価値があるんです。本当にそんなことがあったのかもしれません」

このスープの作り方を教えてくれた父が死んだとは、瑞樹にはどうしても思えない。やはりどこかの部族に連れ去られたのだ。

「これが片付いたら、アリヤを送るついでに、一緒にアフリカに行こうか？」

「出水さん……」

とんでもない申し出に、瑞樹の手は止まる。

「見つけようじゃないか。どんなにアフリカが広くても、人のいる場所は限りがある。万が一亡くなっていたとしても、遺骨は持ち帰るべきだ」

「なぜ……そこまでしてくれるんです」

「スープが旨いから」

出水は本当においしそうにスープを食べていた。相変わらず怒ったような顔をしているが、時折、何か考えるように手が止まる。

「俺は、人間が信じられないから検察官になった」

「え……」

「一度でいいから、心から信じられる人間に会いたいと思っていたんだ。瑞樹からしたら、考えられないような理由だろ」

「はい」

何かとても辛い過去があったのだろう。けれど瑞樹には、とても考えられないことだ。

「瑞樹のことを信じられたら……俺は変われるかな？　どう思う？」

「僕は……信頼されれば裏切りません。でも自分ではそう思っていても、誤解されるような行動を取ったら、きちんと話し合いたいです」

「つまり、こういう関係になってしまったからには、俺とこれからも続けるってことだよな？」

「……は、はいっ」

瑞樹は真っ赤になりながら、どうにか答えた。

迷うことはない。この国では、同性と恋愛関係になったところで許されるのだ。

「俺から逃げたくなったら、嘘を吐けばいい」

悲しげな表情になった出水だが、瑞樹を見つめて力なく微笑んだ。

「そうしたら綺麗にフェードアウトしてやるよ」

「だったら、ずっと嘘を吐かなければいいんですね」

瑞樹は胸を張る。嘘を吐かずに生きられる自信があったからだ。

「そうだな……そんなふうに続くといいんだが」

「続けましょうよ。何だかわくわくしてきました。こんなこと初めてなんです。誰かと付き合うとか、こういうこと……するとか」

「こういうこと?」

そこでやっと出水は笑顔を取り戻した。

「君は相変わらず天使のままだ。そのままずっと変わらずにいてくれ」

「もちろんです。僕は、変わりませんから」

瑞樹も負けずに笑顔で答えた。

「旨いな、これ……」

「たいして手を掛けたものじゃないんですが」

「今度はダチョウの卵料理でも食わせてくれ」

「日本でも売っているでしょうか?」

真剣な顔で悩みだした瑞樹に、出水は苦笑する。

「アフリカに行ったら、きっと食べられるさ」

「あ、ああ……そうか」

瑞樹の顔は、そこで一気に明るさを取り戻す。

あれは正夢だったのだ。きっと出水は、あの広大なアフリカのどこかで、父を見つけ出してくれるだろう。出水には、そんな確信を抱かせる強さがあった。

着替えを終えて検察庁に出向く頃には、出水のどこにも甘い雰囲気は残っていない。いつもの冷徹な顔を取り戻していた。

検察庁の廊下を、取り調べに向かうために歩く。昨日まではさっさと先に歩いていた出水だったが、今日は瑞樹と歩調を合わせて、ゆっくりと歩いた。

天使に救われた。少なくとも今は、そんな気持ちでいっぱいだ。もしこの先、手痛い裏切りにあったとしても、この日の幸福感を忘れることはないだろう。

たかがセックスなのに、なぜこうも幸せの余韻があるのだろう。深夜に食事をし、その後でまた抱き合って眠った。

ただそれだけのことが、出水はここ何年も感じたことのない、穏やかで安らいだ気持ちにさせていた。

「そろそろ捜査を終わりにしてあげないといけないいな。彼のビザが切れる前に、帰してあげたいし」

言われて瑞樹は、救われたような顔をする。

出水の脳内では、アリヤはもう無実が確定している。けれど真犯人を逮捕しないことには、彼を釈放出来ないという問題が残っていた。

「教会のことを、もっと詳しく知りたいんだ。どういうきっかけで、ボランティアに誘われたのか、思いだしてくれないかな」

もう何度も同じことを訊いているのに、出水はアリヤを前にして真剣な表情で尋ねる。

瑞樹はゆっくりとアリヤに、釈放の可能性が高まっていると告げる。するとアリヤは瑞樹の手を握りしめて、しくしくと泣き出してしまった。

『泣かなくていいから、思い出したことを少しでも多く検事さんに伝えて』

『働いていたレストランに、教会の人達がよく来てました。私が日曜休みだと言うと、ボランティアでランチを作ってくれって頼まれたんです。家の住所は、その時に教えました。私は本当はキリスト教徒ではないんですが、熱心に誘われて断れなかったんです』

そのまま翻訳して瑞樹が伝えてくれると、出水は眉を寄せてしばらく考えた。神の僕を装えば、疑われないとでも思ったのだろうが、出水のような無神論者でも、神の名前を出されるとつい構えてしまうのは事実だ。

「レストランに来ていた男達の顔を、覚えてるかな？」

出水は何枚かの写真を取りだす。その中には、先日、出水の部屋を見張っていた男達の姿もあった。

以前はこれだけの写真はなかった。出水は警察の協力を得て、短期間で写真を用意したのだ。

アリヤは熱心に写真を見ている。そして自分の記憶にあるものを、一枚、また一枚と移動していった。

「出水さん……これは」

やはり教会から追ってきた男達の写真を、アリヤは選んでいる。

「アフリカ出身者の中にも、嘘つきはいるってことだ」

「どういうことでしょう……彼らは……最初から、アリヤを犯人に仕立てるつもりだったのでしょうか」

瑞樹の疑問に、出水は素早くメモをしてアリヤに気付かれないように差しだす。

『彼らはブラックマーケットの人間だろう。キリスト教に隠れているが、裏では悪魔を崇拝している。この時代に、人身売買もやってるような組織だ』

「……」

書かれた文字を目で追ううちに、瑞樹は強く拳を握りしめていた。その体は細かく震えだす。出水が教えなくても、ブラックマーケットの存在は知っているからだ。

暗黒大陸とかつては呼ばれたアフリカ。人間すら商品として輸出した暗い歴史を、再び蘇らせているのだろうか。

ふと瑞樹が語った、夢のシーンが蘇る。

山羊も人も、あそこで暮らす部族にとっては価値が変わらない。そんなことが許されていい筈がないと思うのは、文明という名前で守られている国にいるから言えることなのだろう。

『この人と、この人は何回かレストランに来ました。この人はとても親切な人で、仕事が終わった後に、イザカヤでご馳走してくれたんです』

二人組の大柄な男を、アリヤは何のためらいもなく示した。

『ビールをご馳走になりました。酔うほど飲んだことは、あれが初めてです』

どうしてそんな大事なことを、アリヤは忘れていたのだろう。瑞樹は出水にその内容を伝えながら、困った顔でアリヤを見つめている。

出水はそこで気がついた。アリヤは素直だから、悪いことをされたのだけを必死で思い出そうとしたのだ。善意をちらつかせて近づいてきた人間が、自分を嵌めるつもりだなどと、疑うことはしなかった。

「出水さん……やはりアリヤに彼等は接触していますね」

二人の間に緊張感が走った。

何日も取り調べをしているのに、それでも取りこぼしはあるものだ。これは大きな取りこぼしだった。

「酔うまで飲ませてくれたと言ってます。その時に、アリヤの部屋の鍵型を取るくらい、簡単に出来たでしょう」

「他に彼等から、何か頼まれたことはなかったか、詳しく聞いてくれ」

瑞樹はアリヤに質問する。アリヤはやっと自分が同郷の人間に利用されたと気付いたのだろう。必死になって記憶を探り始めた。

『そういえば旅行に誘われました。教会の手伝いで、香港に行かないか言われたけど……結婚式があるから、すぐに帰りたいって、言いました。なのにすごく誘われました。断ったら、少し怒ってました』

たぐり寄せた記憶を、次々とアリヤは瑞樹に告げる。

アリヤが思いだしてくれたせいで、事件の姿がより鮮明に出水には見え始めている。

「捜査本部を、六本木署に再度設ける必要がありそうだな」

出水は瑞樹を見つめながら、苛立った様子でデスクを指で細かく叩いた。

「初動捜査の間違いだ。今からでは遅すぎるかもしれないが、一気に追い込むしかない」

その口調の力強さに、瑞樹ですらどきっとした顔になる。アリヤは出水の様子に、不安そうに瑞樹の手を握る。すると安心させるように、瑞樹は優しくアリヤに語りかけていた。

『警察の捜査を、もう一度やり直すんだ。安心していいよ。急いで、本物の犯人を捜しだすからね』

『本当ですか。結婚式までに、国に帰れますか？』

『それは難しいかもしれないけど、国には絶対帰れるようにしてあげる』

『ありがとう……』

しっかりと瑞樹の手を握りしめて、アリヤは泣きだした。その様子を見ていた出水の片方の眉がきゅっと上がる。

アリヤが手を握っているのが気に入らないなんて、瑞樹には想像もつかないだろう。瑞樹はひたすらアリヤを慰めるのに忙しく、出水の苛立ちが増していくにも気がつかないままだ。こんなつまらないことで嫉妬するなんて、本当にどうかしている。

出水は目を閉じ、幸福の余韻を呼び戻そうとした。

一度で終わりということはないのだ。これからもまだまだ幸福は続く。そう信じて、まずは自分を落ち着かせることにした。

検察庁から差し戻されれば、警察はまた新たに捜査をし直さないといけない。出水と共に六本木署に戻った瑞樹だったが、署に入った途端に同僚に呼び止められていた。

「小川君、戻ったのか？　助かった。英語を話せるには話せるが、たどたどしくてな。アフリカ系の住民なんだよ。通訳してくれないか」

自分のデスクに座る間もなく、いきなりそう声を掛けられた。

「すみません。書類の整理をしなければいけないんですが」

アリヤは保釈となるだろう。けれど殺人のあったアパートに帰したくはない。アリヤを陥れようとした犯人が、狙ってくる可能性もある。安全な場所に避難させたいが、どこがいいかすぐには思いつかなかった。

「おっ、小川、戻ったのか？　すまない、訛りの酷いポルトガル語話すメキシコ人なんだけど、事件の大事な証人なんだよ。助けてくれないかな」

またもや別の同僚が、瑞樹を見つけると声を掛けてきた。

「はい……捜査が差し戻しになったので、そちらの手続き進めてから……すぐにまいりますので」

どんなに忙しくても、瑞樹はきっと通訳の仕事に向かうだろう。彼らの言葉を正確に伝えられる人間は、自分しかいないと分かっているからだ。

「検察の俺様に付き合わされてたが、再捜査だって？　本庁にも呼びだし掛けて、大事《おおごと》になってるって話だが」

同僚の前崎がやってきて、いきなりそんな話を振ってきた。

瑞樹は、書類を用意するために開いたノートパソコンから顔を上げ、前崎に頷く。強面の前崎だったが、今日はとても疲れた様子で、いきなり老けてしまったように見えた。

「何か、あったんですか？」

「ああ、そっちが通訳代わりに使われている間に、おかしな動きがあってな。何人かのアフリカ系住人が消えた」

「消えた？」

「不法滞在するために、ただ居場所を変えただけなのかもしれない。だがあの事件の後だから、疑わしいやつはどんどん調べろって指示が出てな。ここんとこゆっくり寝る暇もないや」

「……住まいからいなくなったんですか？　やはり背後で、何かがあったのかもしれませんね」

アリヤが犯人なら、単純に事件は解決すると前崎も思っていたようだ。けれどそんなに単純なものではない。何より瑞樹が心配したのは、アリヤが保釈された後の身の安全だった。

「そうか……」

瑞樹の呟きに、前崎は隣りの空いた椅子に座り次の言葉を待つ。

「何だよ？　何がそうかなんだ？」

「いなくなった人達の出身部族まで分かりますか？」

「ああ、それなら調べてあるが、それがどうした？」

「アリヤと敵対する部族じゃないですか？　保釈された場合に備えて、戦闘準備に入ったのかもしれません」

瑞樹の言葉を訊いて、前崎は声を出さずに笑いだす。そして瑞樹を憐れむように見て言った。

「戦闘準備って何だよ？　ここは日本だぞ。まさかよその国で、戦争でも始めると思ってるのか？」

「そのとおりです。部族間の確執は深くて、一人殺されれば、その倍を殺すというルールがあるんです」

誰かがそそのかしたとしか思えない。その誰かは、かなり頭のいい人物で、日本の法律にも詳しいのだろう。日本の法律で裁くとしたら、アリヤが即座に死刑になることはないと教えたのだ。

アリヤ達が暮らす地域には、日本のような確立した法制度はない。一部の都市では法制度も徹底しているが、ほとんどが部族長と長老の話し合いで罪状が確定してしまう。

殺人は絞首刑《こうしゅけい》、盗みと姦淫《かんいん》は追放と決まっている。

集落を追われることは、すなわち死に繋がった。即座に絞首刑にされるより、はるかに厳しい罰かもしれない。

そしてもっとも特徴的なのは、敵対する部族と戦いになったら、報復の場合は同国人でも殺人罪に問われないことだった。

目には目をといった、大時代の法律が未だに生きているのだ。それは海を渡った異国でも適用される。

「しかし、何だってやつらは日本にまで来て、トラブルを起こすのかな。数年前までは、こんなことなかったのに」

前崎の言葉に、瑞樹は考え込む。国際的な犯罪組織が育ち、彼らはこの極東の国に溢れる金を目当てに集まってきているのだ。

そこで前崎に内線電話が入る。話し始めた前崎の額には、深い皺が刻まれていった。そして電話が終わると、前崎は大きくため息を吐く。

「新たに捜査本部を設けるそうだ。初動捜査のミスだと突かれた。背後にある、麻薬組織を徹底的に洗いだせだと」

前崎はうんざりとした様子だったが、瑞樹はこれでアリヤの無罪が近付いたとほっとする。

「アリヤは大切な証人です。敵対する部族から守るためにも、証人保護を申請したいのですが」

「保護ねぇ。留置所にいるのが、一番安全じゃないのか」

確かにそのとおりだった。けれど保釈されてしまったら、留置所にいるわけにはいかないだろう。

「僕の家では、駄目でしょうか？　自宅に戻すのは危険だし、ホテルも安全とは言い切れません。アリヤの弁護士とも相談して、支障がなければ僕の家で預かります」

「いいのか？」

「ええ……母は理解ある人ですから」

けれど瑞樹にも多少の引っかかりはある。出水がそこまですることを、快く思うかどうかだ。

これは少しでも早く解決に導かないと、いつまでもアリヤを同居させていたら、出水の嫉妬が加熱していくばかりだろう。

出水は嫉妬深い、そう瑞樹は感じている。見かけはクールだが、中には熱いものがあるのが出水だからだ。

「小川君、さっさと書類書いちまえ。もうすぐ新たな捜査会議だ。そこでここまでの経過報告しないといけないし、俺達も捜査チームに選ばれた」

これでは頼まれた通訳の仕事まで、とても出来そうにない。これまで以上に、忙しくなりそうだった。

瑞樹は家に電話する。日課だったが、今日は母の声を聞くのに後ろめたさを感じた。期待を裏切ったからだ。ずっと母にとっていい息子だったのに、そのままではいられなかった。まさか同性と恋に落ちるなんて、母は想像もしていなかっただろう。反抗的な息子でも、最後はいい大人になったというほうが、母にとっては幸せだっただろうか。

「今夜も帰れませんので」

事務的に言ったつもりだったが、母はすぐに瑞樹のいつもと違う気配に気付いたようだ。

『瑞樹さん、何かあったの？　様子が変だわ』

「いいえ、ここだけの話にしてください。もしかしたら大切な証人を、家で預かることになるかもしれません。お母さんまで危険なことに巻き込まないか、それだけが心配です」

『そう……大変なのね。お食事は？　ちゃんと召し上がってますか？　よければお弁当、届けますけど』

「大丈夫です……料理も多少は出来ますから」

疲れていたけれど、出水においしいものを食べさせたかった。だが出水は、あの家で毎日のように調理することを嫌うだろうか。

嫌がられたら、その時は即座に中止すればいい。今は出水を喜ばせたいばかりだった。

『お仕事のことはよく分からないけれど、あまり無理なさらないでね』

「無理はしていませんが……、僕はアフリカに行ったとでも、思っていてください」

嫁を迎えて、孫が生まれ、賑やかな幸福がやってくると、母は願っていただろう。なのに瑞樹は、自分がもう二度と普通の結婚をしないと分かっていた。

出水を求めたのは、自分の中にそういった素養があったせいだ。もし出水と出会わなくても、いずれ瑞樹は自分の性癖と向き合い、葛藤することになっただろう。

買い物をしてから、出水の家に向かった。そしてマンションのエレベーターに乗り込もうとしたら、この間の大柄な黒人の二人組が、非常階段の影からじっと監視していることに気が付いた。

ここはオートロックのないマンションで、外部から簡単に人が入り込める。出水は何の心配もなく、このマンションを選んだのだろうが、まさかこんな事態は予測していなかっただろう。

今日はスーツ姿だ。これではどう見ても大学生には見えない。彼らはすでに瑞樹が警察官であることに気が付いた筈だ。

エレベーターの扉は開いた。けれど瑞樹は乗り込むのを躊躇した。もしここであの二人に乗り込まれたら、とても勝ち目はない。

防犯カメラに姿が映って、いずれは逮捕されるなんてことを彼らは考えない。勇敢な戦士は、まず眼前の敵を倒すことに命懸けになるものだというのが、彼らの発想法なのだ。たとえ戦って命を失っても、名誉ある死ならば、ライオンか戦士として生まれ変われると彼らは信じている。

科学万能の異国にいても、彼らの考え方は変わることはないのだ。すでに彼らは、瑞樹を敵と認識している。

麻薬の売買で違法に稼いでいることは、彼らにとっては罪ではない。富める国の愚かな人間達から、山羊を奪うように金を奪うことは罪ではないのだ。日本の法律なんてものは、彼らにとって何の脅威でもなかった。

エレベーターに乗らなくても、狙われるだろうか。手にはスーパーで買い物した袋が二つある。さらに肩からはバッグを提げていて、とても身軽に戦えるとは言い難い状況だった。

瑞樹は、自分が勇敢な戦士ではないことを知っている。肉体を鍛えて戦士となることは、とうに諦めていた。その分、この語学力の才能を生かして、人々に平和をもたらせたいと願ったのだ。

けれど今は少し後悔している。もう少し、肉体を鍛えておくべきだったかもしれない。

彼らは日本人の警察官が、仕事を終えた後は銃を携帯していないことを知っているだろうか。さらに彼らは、この国では警察官が発砲することは滅多にないことも、知っているかもしれない。

むしろここで襲われてしまい、既成事実を作って、逮捕のきっかけにしたほうがいいのだろうか。

だが彼らは、仕留めるとなったら徹底的にやる。深傷を負った獣は、思わぬ反撃をするものだ。油断したら、自分達が即座に命を奪われる羽目になる。

瑞樹は自分が死ぬ可能性について考える。そう簡単に死にたくはない。この平和な日本で、やっと巡り会えた愛する人と、これからのことを考えていく大切な時に、無駄死になんてしたくはなかった。

男達は、瑞樹が動かなくなったので、非常階段の影から姿を現した。

『何か用ですか?』

瑞樹は防犯カメラの位置を再度確認し、彼らの姿が映っていることを願いながら話し掛けた。

『ポリスマン? やっぱりポリスマンだったな』

一人が呟き、ナイフを懐から取りだした。

『監視カメラがある。君達のしていることは、すべて映されている。それでも、そんな野蛮なことを続けるつもりか?』

『おまえがいるから、面倒なことになったんだ』

『そうだ。日本人のくせに、俺達の言葉なんて喋るんじゃない』

男達が近付いてくる。その手にはナイフがあった。それはアリヤの部屋に残されていた、サウラの命を奪った凶器によく似ている。大きめの狩猟用ナイフで、日本ではすでに発売が禁止されているものだった。

『何で僕がいると面倒なことになるんだ？』

少しでも証拠となるものを残したい。そう思う気持ちから、瑞樹はあえて質問をぶつける。

『やったのはアリヤだ。アリヤをさっさと死刑にしろ』

『アリヤのことは、知らないと言っていたじゃないか？』

『教会で聞いた。アリヤは我々の仲間を殺した敵だ』

後から聞いたということにするつもりらしい。辻褄は合っているが、瑞樹は騙されはしなかった。

『そうかな？　日本の科学力を知らないのか？　さっと拭ったくらいじゃ、完璧に綺麗にはならない。ナイフの柄から、君達のＤＮＡが出てきたら、どう言い訳するんだろうな。すでに検査に入ってるぞ』

男達の顔に、困惑が広がる。どうやらＤＮＡの意味が分からないらしい。互いにＤＮＡ

と繰り返している。

『個人を特定する方法だ。唾液や汗からも特定出来る』

嘘は嫌いだが、これは立派に嘘だ。まだ凶器のナイフの鑑定も、そこまでは進んでいない。柄の革巻きの部分に、彼らの汗が付着していればいいと、瑞樹はカマを掛けたのだ。

それは見事に効を成し、男達は互いの顔を見合わせてばかりいる。

『ヤウリの大罪は、同じ部族の人間を殺すことだ。それは決して、神に許されない。君達はどこの部族出身だ？』

『俺達はヤウリじゃない……』

それを聞いて、さらに瑞樹は落ち着いて話を進める。

『ではどこの出身なんだ？　ヤウリ語を話しているのに、おかしいじゃないか』

『日本語だって話せる。おまえと同じだ』

二人の顔には、明らかな動揺が広がっていた。同じ部族の人間を殺すのが、どんなに罪深いことか思いだしたのかもしれない。

『ヤウリの神は、同族殺しを許さない……』

瑞樹の呟きに、男達は大声で反論した。

『俺達はキリスト教徒だ。もう改宗したから、ヤウリの神の罰なんて受けるもんかっ』

興奮した二人は、ナイフを手にして瑞樹に襲いかかってくる。もう駄目かと思った瞬間、長身の男が駆け寄ってきて、一瞬で男達に蹴りを入れていた。

「出水さんっ」

「110だ、瑞樹。すぐに通報しろっ」

「は、はいっ」

瑞樹は携帯電話を手にしたが、目の前までナイフを手にした男が迫っていた。思わず買い物袋を振り回し、男の股間にぶち当てる。5キロの米袋と、サラダオイルが一瓶入っていた袋はそれなりに重さがあって、十分に凶器として役立ったようだ。

男が股間を押さえて蹲ると、出水は素早くその後頭部を手刀で殴りつける。デスクワーク中心の検察官とは思えない、実に巧みな攻撃だった。

「六本木署の小川警部補です。暴漢に襲われています。至急、応援をお願いします。住所は……」

ただ倒すだけでは駄目だ。ここで逮捕しなければ、彼らは隠れてしまうだろう。住所を告げながら、瑞樹はどうするべきかと考える。

出水は勇敢に、ナイフを手にした相手とまだ戦っていた。瑞樹が股間を痛めつけた男は、しきりに頭を振りながら立ち上がろうとしていたが、そちらなら瑞樹でもどうにか出来そうだ。

瑞樹は急いで上着を脱ぐと、男の上に馬乗りになった。そして脱いだ上着の袖を使って、

素早く男の両手を後ろ手にして縛り上げてしまった。

出水は相手のナイフの攻撃を避けるために、自分のバッグを盾にしていた。革製の上質なビジネスバッグの中には、書類がびっしり詰まっている。鋭利なナイフでも、貫くのは難しい。バッグは傷だらけになっていたが、出水の体をしっかり守っていた。

瑞樹は馬乗りになった姿勢のまま買い物袋を引き寄せ、その中から卵を取りだして相手の顔に向かって投げつけた。

幾つかは無駄になったが、相手の動きを怯ませるのには十分だった。目の上に垂れ落ちる卵を、頭を振って避けようとするうちに、出水は相手の腕をしっかり掴まえ、その手からナイフを叩き落とす。そして柔道の投げ技で、地面に叩きつけてしまった。

そして出水は相手の上着を脱がし、それで瑞樹がしたように両腕を縛り上げてしまう。それでもまだ立ち上がって逃げようとする相手の鳩尾に、再度出水の強烈なパンチが決まった。

パトカーが到着するまで、屈強な二人を取り押さえておくのが大変だ。息も吐けない緊張感の中、瑞樹は思わず出水と顔を見合わせる。

そして無惨に割れて散らばった卵を見つめた。

「卵焼きになる筈だったのに……」

「そうだな。残念だよ」

出水はそう言いながら、再度大男の体を押さえつける。

「今から、警察に行って、こいつらの事情聴取だろ？　帰りは何時になってもいい……待ってるから」

「はい……」

本当はチキンカレーを作るつもりだった。そして朝には卵を焼いて、出水と幸福な朝食を食べるつもりだった。

なのにこうして邪魔が入るのだ。

「今夜はチキンカレーだったんです」

「えっ……」

「世界中どこでも、カレー料理は喜ばれます。父は、旅行バッグの中に、カレールーを常備していました」

パトカーのサイレンを遠くに聞きながら、瑞樹は思ったままを口にした。

「出水さん、カレー好きですか？」

「ああ……瑞樹が作るのは、きっと旨いんだろうな」

「はい……」

スーパーの袋からは、様々な食材が顔を覗かせている。けれどそれらが今夜のうちに、おいしいチキンカレーになる可能性は低そうだった。

大男二人の身元が判明するまで、そんなに時間は掛からなかった。彼らは二年前に観光で日本を訪れ、そのまま帰国しなかった不法滞在だったのだ。

「しかし何だって、俺様検事の家になんて行ったんだ？」

署内に泊まり込みで仕事をしていた前崎は、再び戻ってきた瑞樹に、怪訝そうな顔を向ける。

嘘の苦手な瑞樹は、返事に詰まった。

「一緒に食事しようと思って……」

それが本当のことだった。もちろんそれだけでもなかったのだが。

「あの検事と飯？　どうしたんだよ、そこまでいい人しなくてもいいだろ。俺だったらあんなやつと飯食うくらいなら、何も食べなくていいくらいだ」

「そんなに気難しい人ではないです」

警察官が到着し、二人を引き渡すと、出水は黙って散らばった食材を拾い集めていた。狙われたのは自分だけだと瑞樹は主張し、出水はあくまでも無関係だと説明した。

だが一緒に事件を担当してきた前崎としては、なぜ瑞樹がそこまで出水と親しくしているか分からないだろう。

「出向している間、出水検事のお宅にお邪魔して、一緒にヤウリの人達がよく集まっている教会に行きました。それが再捜査のきっかけにもなったんです」

「へぇーっ、検事と仲良くするとはな。意外な面を発見したな」

「検事だから仲良くしたのではありません。アリヤのために、一生懸命になってくれる人だったから、仲良くしたんです」

ムキになりすぎたと、瑞樹は反省した。自分達なりに考え、アリヤを容疑者として検察に送ったのに、再捜査となったことで前崎は傷ついているのだ。前崎の気持ちを、そこまでくみ取れなかったことをすまないと思う。

「まぁ、いいさ。これでもし犯罪組織でも摘発されてみろ。出水検事は検察庁の出世コースで一歩リードだ。小川を利用して、上手くやったってことだな」

「えっ……」

「アフリカの言葉が分かる人間なんてそうはいない。教会に偵察に行ったたってことだが、日本人はどうせ言葉が分からないから、安心していろんな話もするだろう。盗み聞いて情報にするのも簡単だ。いい作戦だよ」

自分は利用されただけだと言うのだろうか。瑞樹にはとてもそうは思えない。出水にはそんな腹黒さを感じなかったが、それともそこまで人を見抜く力が、瑞樹にないだけだろうか。

もし利用されただけなら、出水は父を捜しにアフリカまで行こうなどと約束をしないだろう。

「小川には出世欲がない。だからどんな手を使ってでも、成績を上げようとするやつらの気持ちなんて分からないだろうが、警察も検察も過酷な出世レースの毎日さ」

出水は出世したい人間だろうか。確かに意欲は人一倍あるかもしれない。けれどそのためだけに、瑞樹を抱いたりする人間ではないと信じたい。

「やつらは黙秘権を行使するつもりらしいが、どうやって口を割らせるつもりだ？　検察送りになるまでやつら何も話さないで、小川をまた出向させることになるのかな」

「……それは無理でしょう。僕に対して、素直に話すとは思えません」

「だが、適任の通訳なんているのか？　他にいないだろ」

前崎に言われて、瑞樹は認めるしかなかった。彼らは簡単な日本語は話せるが、複雑な話となると、現地の言葉でしか話せない。適任の通訳を捜している時間などなかったし、やはりここはずっと事件と関係していた瑞樹が勤めるべきだった。

「やつらが吐くと思うか？　検察の推理じゃ、裏に大きな密売組織があるらしいが、下手に喋ったら自分達の命が危ないだろう？　サウラをやったのも、やつらだって確信はあるのか？」

立て続けに質問していた前崎は、そこでやっと笑顔を取り戻した。

「悪かった。疲れてるだろう。命を狙われたのは、小川だったのにな」

「通訳の僕がいなくなれば、アリヤがそのまま犯人になると、単純に考えたんでしょう。ですが、行動に出てくれて助かりました」

「そうだな。小川が危ない目に遭ったが……」

「大丈夫です。だけど……出水さんがいなかったら、本当に危なかったかもしれません」

出水に会いたかった。満足に話すこともせずに、再び署に戻らなければいけなかった。今頃は心配していることだろう。それともこれで解決が早まったことで、ほっとしているだけだろうか。

「前崎さん、戻っても構いませんか？」

家に帰るとは言わなかった。こんなことになってしまったが、かえって家に戻らなかったのがよかったと思える。もし家の玄関先で襲われたりしたら、母はもの凄く怯えただろう。

それだけではない。もしかしたら母を人質に取られていたかもしれないのだ。男達は瑞樹が出水と同棲しているのだと思っていたようだ。女しかいない実家を知られたらと思うと、改めて冷や汗が出る。

「ああ、戻っていいぞ。明日は一日、あいつらと根比べだ。ゆっくり眠ってくるといい」

そういう前崎は、今夜は家に戻らないつもりだろうか。気にはなったが、瑞樹はもう帰りたいばかりだった。

署を出ると、まだ地下鉄は走っている時間だったが、タクシーに飛び乗った。少しでも早く、出水と会いたかったのだ。

タクシーの後部座席で、過ぎ行く街を見ながら、瑞樹はあの二人の大男も実は被害者なのだと考える。

ヤウリの人間は、皆揃って単純明快な考え方をする。誰かが瑞樹さえいなければ、何の問題もなくアリヤが死刑になって、事件は解決すると囁いたらどうだろう。後先考えず、行動に移してしまうのだ。

では誰が囁いたのか。

黒幕の顔は、もう想像がついていた。神の名を隠れ蓑《みの》にしている男だ。

本物のキリスト教徒なら、恐ろしくて神の名を利用したり出来ない。自分達の神を捨て、あの男は悪魔に魂を売ったのだ。そして悪魔と敵対する神の名を騙ったに違いない。

タクシーを降りると、瑞樹は再びマンションの入り口に向かった。管理人が掃除してくれたのか、卵の殻はさすがにもう無かったが、ところどころに無惨な跡が残っている。

黙っていきなり刺されたら、ひとたまりもなかっただろう。そうしなかったのは、やはりプロの殺し屋ではないからだ。敵対する部族の戦士でもない瑞樹を殺すことに、多少の迷いと抵抗があったのだと思いたい。

エレベーターに乗り込む時、思わず周囲を窺ってしまった。これまではそんなことをしたこともなかったが、これからは自然と習慣になるのだろう。

ジャングルの茂みに入る時、獣や毒蛇がいないか用心するのに似ている。安全な筈の日本にいても、ジャングルと同じ恐怖を感じることになってしまった。

エレベーターを下りると、今までのことがすべて夢のように感じられた。今朝、ここを出てからまだ五分も過ぎていないような気がする。

出水の部屋の前に立ち、インターフォンを押した。そしてドアノブに手を掛けると、鍵は掛かっていなくてすんなりと開いた。

「今日は助けていただいて、ありがとうございました……あれっ？」

真っ先にお礼を言ったが、この家にはこれまでなかった香りがしていて、瑞樹の足は止まった。

「カレーの匂い？」

リビングに入ると、決して広くはないキッチンに、出水の長身の姿があった。

「出水さん、何してるんです？」

「料理なんてまともにやるのは、小学校の家庭科の授業以来だ」

「まさか……作ってくれたんですか？」

「後は、剣道の道場の合宿で、大量のカレーを作るのを手伝わされたくらいかな」

瑞樹は恐る恐るキッチンに入っていく。そこには部屋着姿で、髪も乱れた出水の姿があった。

大男と果敢に戦い、瑞樹を守ってくれた戦士の面影はどこにもない。検察官らしい、クールな横顔も見られなかった。

そこにいるのは、慣れないことをするのに戸惑っている、優しげな男だった。

「旨い保証はない。それでも食べるか？」

「もちろんです」

思わず瑞樹は、出水の背中に抱き付いていた。

打算で瑞樹を抱いたなんて、こんな出水の姿からはとても思えない。愛され、選ばれたことの幸福を瑞樹は強く感じる。

「匂いだけは旨そうだ」

こっそりと鍋の中を覗いて驚いた。ほとんどの野菜が大きくて、切っていない状態だ。骨付きの鶏肉は、一口サイズに最初からカットされたものだったから救われた。

野趣に溢れた出水の料理は、異国で食べたものを思いださせる。父がよくカレーを作ったのは、香辛料が食欲を増すのと、よく煮ることで安心出来るからだったが、そのカレーもこんなふうに野菜がごろごろと大きかった。

「象とか、ワニとか、ダチョウのカレーも食べたことあります」

「それよりは旨いかもしれない」

出水はそう言うと、どこから引っ張りだしてきたのか、炊飯器の蓋を開く。ご飯は大量に炊かれていて、炊飯器から溢れだしそうだった。

「炊いたんですか？」

「……多いな。米ってこんなに膨らむもんだっけ」

「残ったら、明日炒飯にでもしますよ」

「ふん……豊かな食生活だ」

そこで出水は、改めて瑞樹のほうに向き直り、抱き締めてキスしてくる。

「ちゃんと戦っていたじゃないか。勇気があるな。もっと頼りないかと思っていた」

「出水さんがいなかったら、危ないところでした」

「俺がいなかったら、叫んで逃げだしてただろう。それでも十分だ。敵わないと思ったら、逃げるのもありさ」

「出水さんは、本当に強いんですね」

瑞樹を抱き締め、今度はその額に唇を時折押し当てながら出水は呟く。

「父に鍛えられた。最初から父は、俺を警察官にするつもりだったんだ。剣道と空手の有段者だと有利だからって……習わせられていたんだ」

それは出水にとって、あまりいい思い出ではないのかもしれない。声は沈んでいた。

「だが、鍛えられたのは、こんな時には役に立つ。検事だって、いつ襲われるか分からない。自分の身は、自分で守らないとな」

「出水さんの姿を見た時、嬉しかったです。それだけじゃなくって、こんな一面も知ることが出来て、僕は彼らに感謝したいくらいです」

「それはよくない。瑞樹は人が良すぎる。やつらのしたことは、卑劣な行為だ」

そこで出水は検察官の顔を取り戻してしまった。

「司法に携わる人間に危害を加えれば、罪から逃れられるというのは、間違った発想だ」

自分でもまずかったと思ったのだろうか。瑞樹に向かって、今度は心持ち優しい声になって言った。

「食べようか。腹が減っただろ？」

「はい……」

一緒に食事をする回数が増える度に、関係も深まっていくように感じる。もう何度目になるのだろうか。こうしてまた二人の親密な夜が始まるのだ。

なぜ、料理なんてする気になったのだろうと、出水は自問していた。

瑞樹が戻ってくると、確信していたからだ。

勇敢にもたった一人で戦っていた。なのに興奮して自分を見失うこともなく、パトカーに同乗して、最後には襲撃犯を護送していった。

瑞樹は通訳としては優秀でも、警察官としては非力だろう。そう決めてかかっていたことを、出水は深く反省した。そして戻ってくるだろう瑞樹のために、敬意を籠めて料理をしたのだ。

「どこかの店のスープカレーは、こんなものだったな」

負け惜しみにしか聞こえないだろう。丸ごとのジャガイモ。半分に叩ききった人参、四分の一にカットされただけの玉葱を見ながら、出水は苦笑する。

「ちゃんとジャガイモの芯まで火が通ってますから、野菜が大きくてもおいしいですよ」

素直に感想を口にした瑞樹は、本当においしそうに食べていた。そんな顔を見ているだけで、出水の眦は自然と下がる。

「僕を待っていてくれた、出水さんの気持ちが嬉しいです」

「一緒に食べるつもりで買ってきたんだろう？　卵は、残念だったが」

卵を投げつけても、戦ったことに変わりはない。戦う瑞樹の様子を思いだし、またもや出水は笑ったが、すぐに真面目な顔に戻った。

「まさか直接押しかけてくるとはな」

「根は単純な人達なんです」

「そうだな。単純そうだ。だが、逮捕されて何もかも話すだろうか」

「話しますよ……一人ずつになれば、心細さから洗脳も溶けていくと思いますし」

「洗脳？」

洗脳されたという瑞樹の発想に、出水は思いを巡らせる。人間を性善説で捉える瑞樹は、自分を襲った人間ですら、洗脳されていたと思い込むのだ。

「彼らの宗教観は、日本人とは違います。表向きはキリスト教徒のふりをしていても、本当は自分達の神が怖いんです。一人になったら、神の罰を恐れて話し始めますよ」

「根はいい人間か……」

「欲望が犯罪者を育てるんです。彼らだって、アフリカで暮らしていたら、もっと違った生き方が出来たでしょう。逮捕されたことで、犯罪組織から裏切り者として追われる心配もないと説明すれば、安心して話してくれる筈です」

欲望が秩序を破壊する。瑞樹がここにいたことで、何か詮索されなかったかと、出水は気になっていたが、質問するのが躊躇われた。

瑞樹との関係を詮索されたくないと思うのは、保身に走っているようで嫌だった。だが公言していいものではない。二人の立場は、今回の事件においてそれぞれ微妙だったからだ。

「ここに来たことで、何か言われなかっただろうか？」

ついに出水は口にした。すると瑞樹は、澄んだ瞳でじっと出水を見ながら答えた。

「安心してください。一緒に食事をするつもりだったとだけ言いました。僕とのことで、出水さんに迷惑を掛けるつもりはありません。僕が警察官でいるのがまずいなら、退職して通訳の仕事になってもいいんです」

そこまで言わせるつもりはなかったので、出水は内心慌てた。

「いや、それはまずいだろう」

「通訳専門で、嘱託《しょくたく》になってもいいんじゃないかな。僕、刑事としての能力はほとんどありません。入庁出来たのも、外国語の特別枠です。事件を担当してしまうと、他の事件の通訳に回れませんから、それが不満なんです」

出水との関係がばれてしまった時のために、瑞樹なりに考えた結論なのだろうか。出水にしても、今日のようなことが再度起こらないという確信が持てないから、瑞樹が安全な仕事に就いてくれるのは賛成だった。

「警察官として、やりたいことはないのか？」

「現場に出てみて、よく分かりました。僕は、言葉が分からない人に、道案内するのが一番向いているって。正直に言うと、毎回、犯罪に直面すると心が苦しいんです。僕は人間は善なるものと信じてきたけれど、そうとばかりは言ってられないでしょう?」

出水は、人の悪意を暴きたくて検察官になった。父は自分と同じ警察官を目指して欲しかったようだが、法的な制裁を与えるところまでやりたいのだ。

そしていつか本当に信じられる人間に、出会えることを待っている。決して被告人席に座ることのない、清らかな心の人間に出会えることを願っていた。

その清らかな心の人間に出会ったようだが、瑞樹のように純真な人間には、悪を暴き続けるというのは、耐え難い仕事だろう。もしこのまま警察官を続けていっても、いずれは瑞樹のほうがストレスで潰れてしまうかもしれない。

「そうだな、民間の通訳でも、君のように各国語を話せるなら、仕事はいくらでもあるだろう」

「はい、人と話すのは好きです。国が違えば、ものの発想法も違いますし、話していて飽きるってことがないんです」

「俺と話していても飽きないか?」

「はい、飽きませんよ。担当している事件の話とかは訊けなくても、出水さんは僕よりずっと事件や判例に詳しいから、一生話していても、終わらないくらい話が聞けそうです」

天使はカレーを食べている。丸々一個のジャガイモを、スプーンで崩しながら、目をきらきらと輝かせて。

その背中から消えたと思っていた羽は、またもやむくむくと膨らんできて、瑞樹の背中で揺れているように見えた。

「瑞樹は俺と話したいんだ?」

「もちろんですよ。出水さんは、僕と話したくないんですか?」

「そうじゃない……」

仕事ではいくらでも雄弁になれる。容疑者の前でなら、何時間でも話し続けられるだろう。なのにプライベートで、出水は誰とどれだけ話しただろう。

母とはもう何年も会っていない。年賀葉書を出すだけだ。電話にも出ないから、留守電に吹き込まれたメッセージを聞くだけだった。

家に帰っても、仕事をすることが多く、友人に電話することは滅多にない。友人に呼び出されて会いに行けば、ちゃんと話し相手になれるほどの社会性はあるが、自分から誘ったことなどほとんどなかった。

出水は、自分がとうに己というものを見失っていたことに気が付いた。

自分を映す鏡がない。白雪姫に出てくる魔法の鏡のように、的確に自分の姿を教えてくれる相手がいないのだ。

だから自分がどんな人間なのか、考えることもなくなっていた。

「天使は俺の懺悔《ざんげ》を聞きにやってきたのか……」

「どうしたんです。言ったでしょ、僕は天使なんかじゃありませんよ」

「俺には天使に見える。羽を毟っても、地上に縛り付けても、君は天使のままなんだろうな」

「懺悔したいようなことがあるんですか？」

さて、そう聞かれても返事に困る。懺悔しなければいけないような罪深いことといったら、欲望のままに瑞樹を求めたことだけだ。

「自分の保身のために、瑞樹とのことを隠そうとしている」

思わず口を突いて言葉が出た。出水は自分が珍しく、何も考えずに正直に思ったままを口にしたことを知った。

「それは当然です。この国は、法的には同性との関係を容認していますが、社会的には難しい面もありますから。だけど出水さん、もしこのまま上手く続けられたら、いつか僕の母にだけは会ってください」

試すように言っているのではない。瑞樹は本心から、そう願って口にしているのだ。

「母は秘密を守れる人です。僕は、母の期待を裏切ったので、出来れば早めに、がっかりさせてしまいたいんです」

「それが思いやりなのか……」

「そうです。思いやりです。叶わないことを、いつまでも願っているのは、辛いだけですから」

出水はそこで黙って頷く。

自分の保身ばかり考えていた。だが瑞樹にも、母親の期待という重荷があったのだ。

「自分のことしか考えていなかったな」

言葉にしてみると、少し心が軽くなる。

「俺達、スタートしたばかりなのに、何でこんなに大真面目なんだろう」

「それは性格がそうだからですよ。大真面目じゃなければ、検察官になろうなんてしません。いい加減な心根の人間に、務まる仕事じゃないでしょう」

ほら、また天使は羽を震わせて、出水に心地よい言葉を投げ与えてくれる。

自分のしてきたことを認められて、出水は幸福感に包まれていた。

「お母さんのストレスを少なくするためにも、ぜひお父さんを捜しだそう」

「……そうですね。そうですよね。父が戻れば、母にも生き甲斐が出来ますよね」

「そうだ。しばらくはお父さんに夢中で、瑞樹が家にいなくても寂しくないさ」

何を興奮して話しているのだ。これはそんなに興奮するようなことじゃないだろう。そう思うのに、父と再会できた時の瑞樹の幸福感が伝わってくるようで、出水はいつもの冷静さを失っていた。
そして出水は気が付く。
この興奮は性的なものからも来ていると。
この後、二人ですることを考えるだけで、出水は少年のように興奮していたのだ。

昨夜のように、勢いで抱き合ってしまったのとは違う。今夜はお互いに冷静で、いつものように日常をこなした後だった。

そこで改めて寝室で二人きりになると、瑞樹は緊張してしまって、どうしたらいいのか分からない。これまでのように床に布団を敷くべきなのか、それとも当然のように、出水と同じベッドで眠るのか。

「何でそこで固まってるんだ？　こっちで一緒に寝ればいいじゃないか？」

出水はすでにベッドに入り、片側のスペースを空けて横になっている。瑞樹は畳まれたゲスト用の布団を見ながら、ベッドまで行けずもぞもぞしていた。

「嫌なら、別にいいさ。そっちで眠ればいい」

出水はすぐに部屋の電気をすべて消し、瑞樹に背を向けて眠ってしまう。

もしかしたら期待していたのかもしれない。そう思うと瑞樹は、自分の勇気のなさが今更のように恥ずかしくなってきた。

そっとベッドに入り横たわる。すると出水は体の向きを変えて、瑞樹の体を抱き締めてきた。

「お互いに、変に意識し過ぎてないか？」

そう言われて、瑞樹は頷くしかない。

「こういうことって、自然にやるほうが難しいんですね」

「俺達は、どっちも下手だってことさ」

出水の手は、瑞樹のパジャマを脱がせるために動きだす。そして綺麗に裸にしてしまうと、そのまま体のいたるところに唇を押し当ててきた。

性急な感じがする。やはり出水は待っていたのだ。

「どうしたらいいんですか?」

マヌケな質問だっただろうか。けれど出水は笑うこともせず、そのまま瑞樹の体を弄っている。

「じっとしてればいい。気持ちよければ声を出し、いきたくなったら勝手にいけばいい。変に合わせようなんて考えるな。自然のままでいるのが一番だよ」

「は、はい」

自分の体を這い回る、出水の舌の感触を楽しむことにした。犬に舐められるくすぐったさにも似ているけれど、この愛撫には知的な作為が感じられる。出水は瑞樹が感じる部分を探して、舌を蠢かせているのだ。

「んっ……」

乳首から腹部まで舐め回されると、ぞくぞくした感じがあった。出水も同じようにされたら感じるのだろうか。してあげるべきなのだろうが、瑞樹にはまだそこまでの勇気がない。

「んっ……んんっ……」

舐められているうちに、瑞樹もどんどん昂ぶっていく。性器は立ち上がり、行き場を求めた精液が、出口を求めてじんわりと浸みだしてきていた。

「あっ……」

変化に気付いた出水の手が、先端の部分を指先で優しくなぞった。もっとして欲しいという気持ちが沸き上がってきて、瑞樹は目を閉じて全身の力を抜く。するとその部分に、指先とは違う感触が襲ってきた。

舐められたのだ。

「い、出水さん、そんなことしなくてもいいです」

「どうして？　したいからするだけさ」

出水からも躊躇いが感じられる。恐らく男の性器を口にするなんて、出水にとっても初めの経験なのだろう。

「うっ……うう……」

脇腹を舐められる程度のものではない。これまで知らなかった甘美な感触に、瑞樹はもうじっとしていられなくなっていた。

「駄目です……そ、それは、あっ、あっ、ああっ」

身を捩って快感を誤魔化そうとしたが無理だった。出水は瑞樹が感じたと知ると、勇気を得たのかもっと大胆になってきた。そのものをすっぽりと口に含んで、優しく吸い始めたのだ。

「あっ、いやっ、あああ、あっ」

手とは違う、もっと繊細な舌先の動きが、瑞樹を快感へと追い立てていく。

出水は途中で止めたりしない。瑞樹がいってしまうまで、そのまま続けるつもりのようだ。

「あっ、ああっ」

「そうだ……声、出して……」

「んっ、ああっ」

「もっとだ。もっと聞かせてくれ」

そう言うとまた激しく舌を絡めてくる。

「あっあっ……そんなこと続けられたら、いっちゃいます」

それを待っているのだろう。出水の舌はさらに執拗に、瑞樹の性器の裏側を舌先でなぞりだす。

「あっ……あっ、ああ」

ついに瑞樹は耐えられなくなり、出水の顔に手を添えて引き離そうとしていた。けれど出水は、そう簡単に顔を離してはくれなかった。

「も、もう駄目」

早過ぎると思うが、こんな快感に耐える訓練なんてしたこともない。自然なままでいいと言われたのだ。

「んっ……んんっ」

いってしまった瞬間、体がふっと軽くなるのを感じた。出水の口を汚しただろうか。そのために感じる羞恥心が、瑞樹を苦しめる。

「あっ……ご、ごめんなさい」

「謝らなくていいから」

そのまま出水は、瑞樹の体を持ち上げて、その部分にまで舌を這わせている。

いつものクールな出水からは、想像も出来ない大胆さだ。

「そ、そんなことまで？」

「濡らしておかないと、瑞樹が辛いだろ」

「で、でも……そんなことしなくても、僕なら平気です」

「何が平気なんだ？　痛くないって言いたいのか？」

舌先でたっぷりと濡らされた。そして出水は、自身のものにも唾液を塗りつけると、瑞樹の体を俯せにした。

「あっ……」

痛みが襲いかかってきた。

「んっ……んん……」

それでも瑞樹は、出水にそれを悟らせないように、枕に顔を埋めて耐える。

「痛かったら、泣いてもいいんだぞ」

瑞樹はそこで小さく首を振った。こんなことで泣くほど子供じゃない。それよりも、この行為を快感に結びつけ、出水をもっとリラックスさせるようにしたい。

そのためにどうすればいいのか分からず、瑞樹は入ってくるものが逃げないように、自然と入り口を締め付けるようにしてみた。

「う……うう……締まるな……」

出水は思わず感嘆を口にする。どうやら本当にその部分がしっかりと締まっているようだ。

「気持ち……いいですか?」

「ああ、最高だよ」

抜けそうになると、入り口をすぼめた。すると出水のものが、勢いよく中まで押し入ってくる。自然と瑞樹は体の力を抜き、奥深くまで出水のものを受け入れた。

「いいな……ああ……いい……」

出水の声から、信じられないほどの甘い声が聞こえてきた。

思ったままを口にしている出水は、心底楽しんでいるのだろう。

「ああ……んっ……んん……」

ぐいぐいと瑞樹の中に押し込みながら、出水は遠慮なく声を出し続けた。それを聞いているだけで、瑞樹もまたおかしな気分になっていく。

「うっ……んんっ……」

「あっ……ああっ」

一瞬、二人の声が重なったと思ったら、それから後はずっとどちらのとも分からないくらい声が重なる。

「んんっ……んっ、んんっ」

低く呻いたと思ったら、出水の動きが突然止まった。けれど出水は、瑞樹の中から自分のものを抜き取ることはせず、そのままじっとしている。

「出水さん？　どうしたんです？」

「待ってろ……このまま続けるから」

「……」

一度果てたのに、まだ貪欲に瑞樹を攻め続けるつもりらしい。

「いい気持ちだ……何か、もやもやしたものが全部出ていく気がする。もっとだ。もっとやりたい」

いつもは気短な出水なのに、セックスだけはのんびりと長時間楽しみたいらしい。そんなにすぐに復活するのだろうかと思いながらじっとしていた瑞樹だったが、出水の回復は驚異的に速く、気が付けばまた入り口の部分が広がっていく感触があった。

瑞樹の思ったとおりだった。大男の二人組は別々に収監され、取り調べも一人ずつとなると明らかに様子が違ってきた。

不安そうに周囲を見回し、少しは話せる日本語も口にしない。不法滞在と警察官を襲撃した罪について、瑞樹が詳しく説明すると、ますます落ち着きを無くしていった。

しかも二人の血液からは、明らかに違法薬物を使用している反応が出たのだ。

取り調べも二日目になると、完全に落ち着きを無くし、額に汗を浮かべて水ばかり欲しがるようになった。完全な薬物依存まではいっていないようだが、落ち着きたい時には使用していたのだろう。

薬にも頼れず、仲間は誰もいない。心細さから助けを求めたくても、ヤウリの言葉を理解してくれるのは瑞樹だけだ。

取り調べに前崎も同席しているが、ほとんどヤウリ語でしか会話は進まず、前崎は瑞樹が素早くメモした紙を読むしかなかった。

『神の罰だ。崇拝している悪魔は助けてくれたか？　ヤウリの神は、嘘を吐く人間は許さない。知っているだろ？』

『ヤウリの神は、マネーはくれない。こっちに来て、たくさん貰った』

内心は恐れているのだろうが、まだ負け惜しみを口にする余裕はあるようだ。

トドムとガウディという二人の男のうち、最初に自白を始めたのがトドムだ。古くからの警察用語では、こうして自白をするようになることを落ちるという。トドムは落ちたのだ。

『どうやって貰ったんだ?』

『ヤウリで旅行に誘われて、香港に行った。そこで荷物を受け取り、日本に入った』

『どんな荷物?』

『中華料理の缶詰。日本に来る時には、問題なく入れた。缶詰を届けたら、航空チケット代金だと言われて、たくさん金をくれた』

そこで瑞樹は、詳しくその缶詰の形状を訊いた。そして絵にして、前崎にも見せた。

『それで、どうしてヤウリにすぐ帰らなかったんだ?』

『同じように、ヤウリから友達を日本に呼べば、もっとマネーくれると言った。そして日本にいるヤウリ人、香港に行かせれば、それでもお金くれるって言った。ガウディも俺も、大金持ちになりたかったから、帰らないことにした』

『誰がそんなこと言ったんだ』

『チャイニーズの男。教会によく来ていた』

どうにかそこまでは話せたトドムも、次に殺されたサウラの話を向けると黙り込む。

『サウラも誘ったんだろう?　香港に行かせるつもりだったんだな?』

それでも執拗に瑞樹は、サウラの名を出し続けた。そして殺害現場にあった、凶器のナイフをトドムに見せる。

『僕を襲った時にも、これと同じようなものを使っていた。こういったものは、もう日本では売っていない。持っている人間は限られているし、今、革の巻かれた部分から、DNAを調べている』

今度は脅しではない。本当に検査を開始している。そこからトドムかガウディのDNAが取りだせれば、ナイフが誰のものだったか割りだせる。けれど検査には時間が必要だった。

『持っていたのが誰か、もうじき分かるんだ』

『そんな魔術みたいなことが出来るのか？』

トドムは半信半疑だった。そこで瑞樹はDNAについて簡単に説明を始める。この国では魔術のことを、科学と呼んでいるとも教えた。

するとみるみるトドムの顔つきが変わっていった。

『悪魔崇拝の儀式に呼ばれたのか？　悪魔がどんな奇跡でも起こすというのなら、ここから出ていくことなんて簡単な筈だ。君達は、やつらに利用されただけなんだよ』

『……』

『悪魔が万能なら、君らの手を使わなくても、僕一人くらい簡単に呪い殺せた筈だ。違うか？　だったら失敗した君達だって、命はない筈だ』

そこでついに耐えられなくなったのか、トドムは真実を語り始めた。

『サウラが悪いんだ。教会のスタッフのスェラを脅したから、死なないといけなくなった』

『脅した?』

『そうだ。もっと金をくれないなら、教会で麻薬の運び屋を捜していることを警察にばらすと言った。だからサウラと敵対する部族の、アリヤの家に呼びだして……部族同士の争いに見せかけて殺したんだ』

推理していたとおりの告白に、瑞樹はほっと胸を撫で下ろす。

『最初からアリヤに罪を着せるつもりで、近付いたんだな』

『香港に行かないと言った。役に立たない男だから、利用してもいいと言われたんだ』

『それを知りたかったんだよ。本当のことを、話してくれてありがとう。まだ君にも良心が残っていた証拠だ』

瑞樹はトドムの手を握り、慰めるように優しく言った。するとトドムはいきなり泣きだした。

『サウラは缶詰を開けて、中身を盗んだんだ。殺した後で、その盗んだ薬を取り返してくるようスェラに言われたのを忘れてしまった。だから失敗したんだな』

『そういう問題じゃないだろう。薬を持ち帰ったとしても、日本の警察はきっと君達が犯人だと見つけたよ』

『死刑になるのかっ、俺は。運んでたものが、麻薬だなんて知らなかったんだ。元気の出る薬だって言われてたんだ』

『嘘はいけないよ。本当は運んでいるのが麻薬だって、最初から知っていたんだろう？　僕らに吐く嘘は、神に吐く嘘と同じだ』

トドムはヤウリの神の名を叫び、机に突っ伏して慟哭《どうこく》した。それまで黙っていた前崎は、調書を指で示して淡々と切りだした。

「じゃ、始めるか」

「はい……」

事件がすべて文字になって、整理されていく。これは終わりではない。ここから裁判までの長い道のりが始まるのだ。

「小川、アリヤの無実を信じた、執念が実ったな」

「はい……」

もうアリヤを家に匿う必要もない。そのますぐに、帰国の手続きをしてあげようと瑞樹は思う。

家族と婚約者が待っているだろう。帰国したアリヤは、皆に日本のことをどう語るのだろうか。嫌なことばかりでなく、いい思い出も話して欲しい。そう願わずにはいられなかった。

事件発生から二カ月近くが過ぎていた。出水はサウラを殺害し、麻薬の運び屋となった二人を、ヤウリに移送する手続きを取り始めている。ヤウリの司法局が、二人の身柄の送還を求めてきたのだ。

自分のデスクで、仕事をしながら弁当を食べていた出水は、検事長が入ってきたので、慌てて食べかけていた弁当の蓋を閉じ、立ち上がって礼をした。

「ああ、いいんだ出水検事、食事中だったか？」

「あ、はい、すみません。移送の手続きを急いでおりまして」

「……そうか、出水検事にも、そういうものを用意してくれる相手が出来たんだな」

検事長はにやにや笑いながら、保温出来るタイプのランチボックスに目を向ける。

「い、いいえ、あまりに無趣味なものですから、料理を覚えようと思いまして、自分で作りました」

「ほうっ、最近は弁当を作る若者が増えていると聞いたが、こんな身近にいたとはな。よければ中身を覗かせてくれんかね？」

上司の願いとあっては、断るわけにはいかない。出水は覚悟を決めて蓋を開いた。

「うむ、やるな。鳥つくねと卵焼き、野菜の炊き合わせと青菜の胡麻和えか」

「は、はい……」

すらすらと料理名を言い当てられて、出水は困惑する。

「実は私も、料理が趣味でね。人の罪を暴くなんて、ストレスの掛かる仕事だろ。手軽に出来る息抜きとなって、料理にはまったんだ」

「そうですか……」

「料理はいいよ。無心になってやっているうちに、頭がすっきりと冴えて、見落としていたものも見えるようになる。出来上がったものは、自分の腹に収めればいいし、誰の迷惑にもならない、いい趣味だ」

「よろしければ、何かの機会にご教授いただけますか?」

「おう、いいとも」

変に疑われることもなく、出水はほっとする。毎朝、瑞樹と二人分の弁当を用意していることを詮索されることもなさそうだ。

今朝は瑞樹が卵焼きを作った。つくねは前夜、出水が考え事をしながら丸めて焼いたものだ。

二人して料理にはまっている。検事長の言うとおり、いいストレス解消になった。しかも食生活が安定したせいか、出水はイライラすることが少なくなった。

もちろん料理だけが原因でないことは分かっている。

どんなつまらないことでも真剣に聞いてくれる、話し相手がいるというのは素晴らしいことだ。そのおかげで、走るように生きていたのが、ウォーキング程度の速度に落ち着いてきた。

「アフリカまで護送か？　同行の警察官は、通訳も出来るらしいが、補佐として役に立つのかね？」

それが訊きたくて来たのだろうか。出水は、突っ込まれると困るなと思いながら、さりげなく答える。

「はい、彼がいないと、あちらでの手続きも面倒になります。二人を護送するのに、問題はないでしょう。ヤウリは小国なので、重罪犯でも司法局の人間が迎えに来るのは無理だということで、こちらが責任を持つことになりました」

「外国まで来て、自国民同士で争われてもな……」

検事長は渋い顔をする。一挙に麻薬密輸組織を検挙したのはいいが、犯人は数カ国の外国人ばかりで、その始末に追われる羽目になった。

けれど出水にとって、護送という任務はありがたい。そのついでに、やっと手がかりらしいものを手に入れた、行方不明の瑞樹の父親を捜しに行けるからだ。

「出水検事、何だか最近、印象が柔和になったな」

「はっ？　そうですか？」

「何か思うところがあったのかね？」

「……そうですね。食生活を改善したことでしょうか」

食生活だけではなく、性生活も改善された。苛立ちが減り、いつも落ち着いていられるのは、その影響も大きいと思う。少なくとも前よりは、何でも待てる余裕が出来た。

「ほう、そうか、やはり食事が一番か」

「毎日ほどよく体を動かし、自分で作った食事を楽しんでいます。前より健康になったのは確かです」

「いいことだ。後輩にも、その秘訣を教えてやってくれ」

そこで検事長は、護送に関する両国間の細かい取り決めについて確認を始める。出水のプライベートに関する関心は、遠のいたようでほっとした。

今頃瑞樹も、同じように昼食中だろうか。親思いの瑞樹は、今では週のうち半分は家に戻っている。けれど家が近いので、夜中に出水の家に料理を届けに来たりして、そのまま朝までいることもあった。

約束したが、まだ瑞樹の母とは会っていない。まず父親を見つけだすことをしてからでないと、堂々と会えない気がしているからだ。

出水は、今なら自分の母親を許せるような気がしている。

父を尊敬していたから、母だけを悪く捉えていた。

けれどよくよく考えてみたら、妻に対して自分の部下のように扱っていた父は、やはり夫婦という意味で努力を怠っていたと思う。

一人の女性として、母は愛されたかったのだろう。それが出来なかった父に、浮気された原因はあるのだ。

許せると思っても、まだ会いに行くことは出来ない。そこまで素直になるには、まだまだ時間が必要そうだった。

検事長が去り、出水はまた食事を再開する。

瑞樹の作った卵焼きは、ほんのりと甘くふわっとしていて、いかにも瑞樹らしい。出水はこんな卵焼きが、自分にとって一番のものになるのだろうと確信した。

燃えるような夕焼け空だ。

やがて大地は漆黒の影となり、空はぎらつく星に占領される。

夜行性の獣達が咆哮しながら徘徊し、鳥達はねぐらで息を潜め、植物は夜露に濡れる、素晴らしい夜が始まる。

瑞樹は野営用のテントの側に座って、じっと空を見上げていた。またアフリカに戻って来られたのは、まさに奇跡だ。

すべて出水のおかげだった。ヤウリの司法局に二人を引き渡した後、出水は休暇を取って、父の探索のために動きだしてくれたのだ。

嶮しい山岳地帯の入り口には、車が二台停車していた。一台にはアリヤと、その親族が乗り込んでいる。帰国が叶ったアリヤは、瑞樹に対する恩を忘れることなく、父を捜す旅に同行してくれたのだ。

護送の時はスーツ姿だったのに、その後は二人ともサファリスタイルだ。しっかりしたコットンパンツに、様々な小物を携帯するのに便利なベスト、そして底が厚手のトレッキングシューズを履いていた。

出水はアリヤ達と、食事の準備をしている。日本から持参した食糧は好評で、今夜もアリヤが狩ったばかりのガゼルの肉で、カレーを作ると張り切っていた。

「情報では、小川教授を連れている部族が、山羊を売るために山から下りてくるということだったんだが」

声に顔を上げると、出水が最後の夕陽が、大地に呑み込まれる瞬間を瑞樹の後ろで見ていた。

「特別休暇が一週間しか取れなかった。その間に見つけだせるといいんだが」

何しろ飛行時間が丸一日近く掛かる。それを考えると、実質使えるのは五日くらいしかない。その間にこの広い大地で、父を捜さねばならなかった。

「出水さん、もし見つからなくても、またチャレンジします。その情報が確かなら、僕は今回失敗したら、次回のために退職してもいいと思っているんです」

「……そうだな。それも手かもしれない」

二人はそこで、地平線に呑み込まれる太陽を見送った。

「素晴らしい夕陽でしょ。出水さんと一緒に見られて嬉しいです」

「んっ……何だか、つまらないことに拘っていた自分が、恥ずかしくなった」

「つまらないことって何ですか?」

「人間不信の原因が、母親の浮気にあったっていう、実につまらない話さ。世の中には、瑞樹やアリヤのように、嘘を吐けない誠実な人間も大勢いる。だからこそ、そんな人達を不正から守る検察官として、常に冷静に判断出来るようにならないとな」

出水はアフリカに来てから、いつになく雄弁だ。日本語でちゃんと話せる相手が、瑞樹しかいないせいだろうか。

「誰かに愛されたかったら、まず自分から愛することだと、父に教えられました。アフリカに愛されたかったら、アフリカを愛すること。国でも同じです」

「そうだな。いろいろと問題の多い国だが、俺は日本を愛してる。危険なこともあるが、夜中に女性が歩いていられる国だから」

どうやら出水は感傷的な気分のようだ。その気持ちはよく分かる。瑞樹も夕陽を見た後は、必ずそんな気持ちになってしまうのだ。

「瑞樹、戻ったら通訳専門になれよ。出来るなら、瑞樹を危険な現場に向かわせたくない。その気持ちが、ますます強くなってるんだ」

「そうします……出水さんのストレスの元にはなりたくないから」

そこでアリヤが、食事ですと声を掛けてきた。アリヤの兄と従兄弟、そして瑞樹と出水、五人の静かな夕食が始まる。

アリヤはあんなことになったのに、日本に悪感情は持っていなかった。日本で働いていた間に貯めた金で、華やかな結婚式も挙げられた。そして煉瓦造りの立派な家を、家族にプレゼントすることが出来たのだ。

海外に出た若者が、皆、アリヤのようにいい結果を残して帰れる訳ではない。トドムとガウディのように、誘惑に負けて身を滅ぼす者もいるのだ。

正直で努力家のアリヤに、神は微笑んだのだ。

アリヤ達は日本のことや、これまで二人が扱ってきた事件のことなど訊きたがる。瑞樹は通訳したり、自分の言葉を交えたりしながら、楽しく話していた。

その時、アリヤの兄がいきなり立ち上がった。そして銃を手にする。

『獣が近付いてきた?』

火を燃やしていると、獣は近付いて来ないものだ。動物も人間が決して安全な生き物でないことはよく知っている。

『獣よりもっと厄介なやつらだ』

悲しいことに部族間の敵対意識は残っていて、他所の地域に入った時には警戒しなければいけなかった。

『心配ないよ。日本からの調査団だと言えばいい』

瑞樹はそう言ったものの、外国人に対してすべての部族が親切なわけではない。攻撃を仕掛けてくる可能性もある。

アリヤも銃を手にして構える。最初、瑞樹には見えなかった姿が、遠くにぼんやりと見えるようになってきた。全員が緊張感に包まれる中、燃え盛る火に向かって彼らは歩いてくる。

「あれは……」

闇に溶けてしまうような肌の男達に混じって、一人白っぽい人物がいた。着ているシャツが白く、さらに髪も真っ白だったから、余計に目立っていた。

白い髪の男の歩みは遅い。他の男達が急き立てるように、その腕を時折引いていた。

「まさか……お父さん？」

父の髪は、あんなに白かっただろうか。父は、いつの間にあんなに痩せた老人になってしまったのだろう。

近づいてくる様子を見ているうちに、瑞樹の胸には様々な感情が溢れだしていた。

「お父さん、お父さんっ、瑞樹ですっ」

大きく手を振りながら、瑞樹は皆の制止も聞かずに走りだしていた。

「お父さん、迎えに……来ました。迎えに……来たんですっ」

どうしてもっと早く捜しに来なかったのだろう。仕事なんて辞めてしまってもよかったのだ。勇気を持って、捜しに来るべきだった。

出水は外務省の知人に頭を下げて、父に関する情報を集めて貰っていた。確かな情報とは言えなかったが、それを信じてここまで来た甲斐があった。

やはり父は生きていたのだ。

「瑞樹……逞しくなったな」

「お父さん、ああ、お父さん、生きてたんだねっ」

二人はひしと抱き合う。抱き締めた父の体があまりに小さくて、瑞樹は慰める言葉を失った。とても苦労したのだろう。それでも生きていてくれただけで嬉しかった。

「山羊と引き替えに売られたの?」

「どうしてそんなことを知ってるんだ?」

父の小川教授は驚く。

「夢で見たんです」

「それなら私も見たぞ。瑞樹が私の知らない日本人青年と、アフリカにやって来る夢だ」

瑞樹も教授も、神秘主義者ではない。けれどこの夢での交信は信じられた。

「携帯電話が無くても、伝わったんだね」

瑞樹は泣き笑いになりながら、思わず言ってしまった。そして背後を振り返り、心配そうに付いてきた出水に向かって、顔中くしゃくしゃにしながら感謝した。

「出水さん、ありがとう。やっと会えました。僕のお父さんです」

「小川教授、ご無事で何よりです。検察の出水と申します。瑞樹君にはいろいろと助けて貰っています」

出水は自然な感じで握手の手を差し伸べる。それを教授は強く握った。

「外務省に圧を掛けてくれたのは君なのかね。大使館を通して、この国の役人に連絡が来たようだが」

教授は眩しいものを見るように、出水を見上げながら言った。

瑞樹は出水が外務省に連絡を取ってくれたのは知っていたが、まさか圧を掛ける程のことをしてくれたとは知らなかった。

「ご家族の申し出だけでは、どうしても動きが鈍かったので……父の知人を頼りました」

「そうか……どう間違って伝わったのか知らないが、私を帰さないと日本が戦争を仕掛けてくると、本気で思ったらしい。ヤウリの首都に連れて行かれるところだったんだよ」

そこで教授は、同行している三人の若者を紹介した。彼らは山岳に住む部族で、ヤウリ国民という意識はない。勝手に国境を越えて、山羊の成育に相応しい場所を求めて移動していく部族だ。

彼らは早口で、自分達は悪くないと主張する。教授を売りつけたのは、別の部族だと喚いていた。

「ある村で調査している時に、村長の娘と結婚させられそうになったんだ。私には妻も息子もいると言ったが、そんなことはこの国では関係ないとごり押しでね。どうやら持参金をたくさん貰えると思ったらしい」

教授は瑞樹と出水の真ん中に入り、その体に腕を回しながら、交互に二人を見ながら話した。

「断ったら村長が、名誉を傷つけられたと怒りだしてね。死刑にすると言いだしたんだ。そうしたら、たまたま山羊を売りに来た彼らが、見かねて私を山羊と交換してくれたんだ」

「山羊ですか？」

出水は驚いたように言う。

「山羊をバカにしてはいけないよ。コンビニもスーパーも、何百キロと行かなければないようなところだ。乳を出し、肉も食べられる山羊は、ペラペラで明日には紙くずになってしまうかもしれない紙幣なんかより、ずっと価値があるんだ」

アリヤ達のところに辿り着いた教授は、すぐにヤウリ語で親しげに挨拶する。そしてよければ同行してたくれた彼らにも、水と食べ物を分けてくれと頼み込んでいた。

「支払われた山羊の分だけ、何かして返さないといけないと思ったが、山に移動する時期だったのを忘れていた。彼らは山羊を育てる間は、山から下りない。おかげで誰にも連絡出来なくなっていたんだ」

「酷い目に遭ってはいなかったんですか？」

瑞樹が心配そうに訊くと、教授は穏やかに笑った。

「そんなことはなかったよ。部族の子供や大人に、文字や簡単な算数、世界地理なんかを教えていたが、喜ばれてはいたようだ」

「教授、山羊ほどの価値があるかどうか分かりませんが、幾つか贈答品を持ってきました。それで彼らは、教授を連れ帰ることを納得してくれるでしょうか？」

出水の質問に、教授は頷く。

「気が利くね。何を持ってきた？」

「医療用の消毒アルコールとか、ソーラー充電のラジカセ。キャンプ用の鍋セットとか、ともかく喜ばれそうなものを持って来たんですが」

「ああ、いいね。消毒アルコールは助かる。石鹸も彼らは喜ぶ。あるかな？」

「はい」

出水は瑞樹に訊いて、アフリカの人達にプレゼントしたら喜ばれるものをたくさん用意してきた。アリヤの村はそれなりに文化的な生活をしているが、日本から持ってきた石鹸や洗剤は好評だった。

「いい匂いがするね。カレーか？」

「まだ残ってますよ。昼間、ガゼルを仕留めて、その肉で作りました。ヤウリの彼らも、おいしいって言ってます」

瑞樹が答えると、教授は目を細める。自分が教えたことを、息子が同じようにやっているのが嬉しかったのだろう。

「おかしいな。夢では、彼のことを特別なパートナーだと紹介されたんだが」

教授はさらにおかしそうに笑いながら言った。

「えっ……」

「違っていたのかな」

「いえ……そのとおりです」

瑞樹は真っ赤になって俯きながら、出水のことをどう紹介しようかと悩んでいたことが、これですべて解決したと思った。

「そうか、やはりそうだったか。瑞樹、おかしな夢だと思ったが、これは携帯電話より確実な方法だな。ただし、きっと極限の状態でないとスイッチが入らないらしい」

穏やかに笑う父の姿を見ているうちに、瑞樹は涙が止まらなくなっていた。するとアリヤが近付いてきて、同じように目元を拭いながら言った。

『ミズキさん、家族に会えるって素晴らしいこと。ミズキさんが助けてくれたから、私もここに帰れました。日本にいる困っている人達、また助けてあげてください』

『ありがとう、アリヤ。そうだね、今度はお父さんと二人で、一人でも多くの人達の力になれるように頑張るから』

『瑞樹さんと出水さんは、立派な戦士です。ライオンは倒せなくても、人間のために戦うことは同じです。勇気と正義、素晴らしいです』

出水がアリヤの言っていることを知りたそうにしている。そこで瑞樹は、すぐに訳して伝えてやった。

するとと出水は素晴らしい笑顔になり、胸を反らして軽く叩く。それはヤウリの戦士が、自分には勇気があると示す時にする仕草だった。

帰国後、瑞樹は警視庁を退庁した。出水がそう望んだからだけでなく、瑞樹はやっと自分のしたいことが見つかったのだ。

警察にいたら、犯罪が起こってから対応することになる。それよりも異国の人達が、トラブルに巻き込まれることのないように、先回りして手助けしたかった。

麻薬の密売で逮捕されたスェラが主催していたミサには、何の罪もない人々が参加していたのだ。異国での心細さを埋め、情報交換などに役立てていた人達が、行き場を失ってしまった。

瑞樹はそういった人達のためにも、何か出来ることはないかと考える。それにはやはり、警察官という身分では相応しくない。

幸い、父は帰国後、日本の大学での教授職に復帰が叶った。父と協力すれば、スェラが主催していたようなものを、自分達で運営していけるかもしれない。

そんなことを考えながら、瑞樹は出水の部屋に、また荷物を小量運び込む。

母も祖母も、父が帰国してからはもう瑞樹のことなど気にもしない。家にいなくても、前のように心配されることもなくなった。それより父が健康を取り戻せるようにと、心を砕く毎日だ。

ボケ始めていた祖母は急にしゃんとなり、もうご飯を二度も食べることはしない。それどころか母と並んでキッチンに立ち、料理を作るまでになったのだ。

出水の家が、今では瑞樹の家でもある。退庁はしたものの、通訳の仕事は変わらずにあるので、何かと警察に呼び出されるが、それでも以前に比べて、夜遅くまでになることはなかった。

アフリカに行った時の写真が、部屋に飾られている。その横には、アリヤから贈られた戦士の面も飾られていた。どうやら出水は、アフリカをとても気に入ってくれたようだ。

夕方のニュースを見ながら、ざっと掃除をして料理に取りかかる。鶏肉に香辛料をまぶして焼くつもりだ。サラダの下ごしらえをしていたら、テレビの声に手が止まった。

『こちらではダチョウの卵を、通信販売しております』

「えっ……」

『見てください、この大きさ。こちらが普通の鶏卵ですが、何倍になるのでしょうか』

レポーターはダチョウの卵に顔を寄せ、その大きさを示している。

「そういえばダチョウの卵、食べられなかったな」

決して安いとは言えないダチョウの卵をぼんやりと見ながら、あれを買って出水と食べたいと思い始めていた。そこで慌てて、その店の番号をメモしていたら、玄関のドアが開く音がした。

「お帰りなさい……」

出水を驚かせたいから、ダチョウの卵を買おうとしたことを秘密にするつもりだ。瑞樹はすぐにチャンネルを変える。その様子を不審がる様子もなく、出水は瑞樹に近付いてきた。

「ただいま……」

いつも出水は、ただいまと行ってきますを口にする時、照れたような顔をする。長い間、そういう挨拶をすることもなく暮らしていたからだ。

今日はバッグの他に、珍しく紙袋を提げている。何かまた料理の食材を買ってきたのかと、瑞樹は目でその袋は何と訊ねていた。

「開けていいよ」

瑞樹に紙袋を渡すと、出水はそのままソファに座り込み、ネクタイを引き抜く。疲れたその様子から、また厄介な事件を担当しているんだなと思ったが、仕事のことは訊かないようにしている。

「荷が重いな……一つが上手くいったからって、そう次々と当たりを引けるわけでもないのに……難しい事件ばかり回される」

出水はこうして時折愚痴を言う。それもまた進化だと、瑞樹には思えた。

アフリカでもヤウリのようなところは、語彙が少ない。だからなのか、会話は直接的で裏を読むなんてことはないのだ。

だが日本語は驚くほど語彙が多い。何気なく漏らした一言を掬い上げて、そこから真実に近付いていくのだ。

知能を駆使して、日々正義を守るために戦っている出水には、こうして本音を漏らす時間が必要だ。心の中に溜まったもやもやは、言葉にすればすっきりと晴れていく。

「何かな？　スイーツ、フルーツ？」

発砲スチロールの箱に入っていて、取り扱い注意のシールがしっかり貼られている。もしかしたら高級マンゴーだろうかと、瑞樹は丁寧に発砲スチロールに貼られたテープを外した。

「あっ……携帯電話より速い」

中身が何か分かった瞬間、瑞樹は思わず呟いていた。

「んっ？」

出水はソファに凭れながら、それとなく瑞樹の様子を観察している。驚いたり、喜んだりする様子が見たいのだ。

「ダチョウの卵、今、テレビで紹介していたんですよ。どうして……分かったんですか？」

「推理を働かせろ、瑞樹。ダチョウの産卵シーズンはいつだ？」

「あっ、そうか」

今頃が産卵シーズンだなんて、瑞樹も知らなかったことだ。何でも調べるのが仕事とはいえ、さすがだと瑞樹は驚く。

「鶏みたいに、いつも生んでる訳じゃないから、そうか……今なんだ」

「そういうことだ」

「でもこれ、二人で食べるのには、大きいですよね」

「だったら明日……実家で食べようか」

「そうしましょう。お父さんが喜びます」

人類発祥の地と言われるアフリカで、言語のルーツを探るのが父の生き甲斐だ。そんな父のことを出水が理解してくれているのが嬉しい。

「瑞樹はマザコンなんだと思っていたが、本当はファザコンなんだな」

出水は上着を脱ぎ、ネクタイを引き抜きながら言った。

「え……」

「タイプ、全然違うのに、どうして俺を選んだんだ？」

「出水さんとお父さんじゃ、全然違いますよ。どうしたんですか、いきなり」

余程疲れているのだろうか。瑞樹は思わず出水の側に近づき、上着を脱ぐのを手伝いながら、その顔色を窺う。

「……嫉妬さ……つまらない嫉妬だ」

こんな時の出水は寂しげだ。瑞樹のことをファザコンと言ったけれど、出水にとっても亡くなった父親は偉大で、やっと一人前の検察官となれたのに、認められることがないのが寂しいのだろう。

「荷物、また少しここに運びました。僕はもう、あの家に戻らない覚悟です。ダチョウの卵、二人で今夜食べましょう。特大のオムレツ作ります」

「気を使わなくていいんだ。明日、みんなで食べればいい」

「家には、僕から送ります。ちゃんと通販先、メモしましたから」

瑞樹には帰る場所がある。けれど出水には、待っていてくれる人は瑞樹以外に誰もいない。そう思うと、せっかくのプレゼントを二人で楽しもうとしなかったことを、瑞樹は反省していた。

「僕は、もうどこにも行きません。信じても大丈夫です」

出水の頭を抱き締め、自分の胸元に引き寄せながら瑞樹は囁く。

「信じてるよ……」

瑞樹を抱き締め、出水は囁く。

「嘘吐きばかりの世の中で、信じられるのは瑞樹だけだ」

「これからは、もっと信じられる人間が増えていきますよ」

「そうかもしれないが、羽のない天使なんて……そういるものじゃない」

出水はさらに瑞樹を抱き寄せ、唇を重ねようとしてくる。

「ねぇ、何でいつも僕のことを、天使って言うんです？　おかしいですよ」

「おかしいか？　そうだな……おかしいかもしれないが……罪人ばかり見ていると、そんな気持ちになってくるのさ」

「天使はダチョウの卵なんて食べません」

瑞樹は笑いながら、出水の顔を自ら引き寄せて唇を重ねた。

天使なんかじゃないと、瑞樹はその瞬間、はっきりと感じた。人間らしい性欲が沸き上がってきて、出水が欲しくなってしまったのだ。

「それに天使は、食事の前に誘惑したりしません」

出水の手を取り、そのままシャツの中に導く。興奮すると僅かに膨らむ乳首が、瑞樹の今の状態を伝えていた。

「どうしよう……出水さん、帰ってきたばかりなのに……疲れてるのに……お腹も空かせてるんだろうな。なのに……僕は出水さんが欲しいんです」

「いいよ。欲しいんだろ、だったら、もっと積極的になってもいいぞ」

「どんなふうに？」

「その気にさせてくれ」

どうやったら出水がその気になるのか、分かっているようで分からない。瑞樹に出来ることは、まずは優しくキスをする。そして出水の手が、好きなように自分の体をまさぐるのを許す。

さらに出水のものに手を添えて、その気になるまで刺激を与えるのだ。それとも今日は、もっと大胆に迫ってみてもいいかもしれない。

「んっ……んんっ……」

舌を絡める激しいキスから始めよう。その合間に、出水のシャツも脱がせてしまう。互いに上半身裸になって、ソファの上で戯れた。

そうしていくうちに、瑞樹は体をソファから下ろし、出水のズボンのベルトに手を添える。そしてベルトを外し、ファスナーを下ろしてしまうと、大きく開いてそこに顔を近づけていった。

ほら、天使なんかじゃない。天使はこんないやらしいことを、自ら心懸けてやったりはしないものだ。

下着の中から取りだした出水のものを、瑞樹はすぐに口に含む。

「どうしたんだ。今夜はやけに積極的だな」

「欲望にスイッチが入ってしまいました。自分でも……自分が抑えられないんです」

何で今夜は、こんなに気持ちが昂ぶっているのだろう。原因はどうやらダチョウの卵のようだ。

瑞樹に気付かせずに、さらりと用意してくれた出水の気持ちが嬉しい。それに応える方法は、今はこうして相手の喜びに尽くすことしか思いつかなかった。

「下手でも許してください」

「してくれるだけで奇跡だ」

まさか出水は、瑞樹がそんなことまでするようになるとは思ってもいなかっただろう。瑞樹自身、自分の大胆さに驚いている。

出水のものが自然と口の奥に入ってきた。興奮して、一気に容積を増したからだろう。それを瑞樹は愛しげに舐め回す。

獣が愛するものを舐めるのは、とても自然な行為なのだとよく分かった。舐めるという行為そのものに、うっとりとした恍惚感が伴うことを、瑞樹は改めて知ったのだ。

無心になって出水のものを吸っているうちに、出水の甘い声が聞こえてきた。こうしていると、出水の中にたまった疲労が声に乗って飛びだしてくるのだ。そしてすべてが終わり、二人が爽やかな疲労感で抱き合う頃には、明日への意欲も湧いてくる。

言葉にもならない短い声が、吐息と共に瑞樹に降りかかる。けれど一つだけ、はっきりとした言葉が聞こえてきた。

「んっ……んん……瑞樹……愛してるよ」

瑞樹はそこで思わず動きを止めて、出水を見上げてしまった。

もっとも肝心な言葉を、それまで一度も聞いていなかったことに、その時、初めて瑞樹は気が付いたのだ。

あとがき

いつもご愛読、ありがとうございます。今回のキーワードはアフリカ。いえ、あのサッカーの祭典、ワールドカップに浮かれた結果ではございません。何年か前から、練っていたネタでございます。

アフリカ旅行は夢の一つですが、やはり今の私には無理そうです。何しろ飛行機に長時間というのがきついし、暑さにめっきり弱くなってしまいました。

この後書きを書いている頃は、まさに夏でして、日中はサハラ砂漠を歩いてるかのような暑さです。この暑さにまいっているようでは、本物のアフリカの暑さには、とても適応出来ないことでしょう。

もっと体力のあるうちに、行っておけばよかったなぁと思います。行けなかった分、せっせと国内の動物園巡りでもしましょうかね。

作中に出てくるのはダチョウの卵ですが、最近ではダチョウ肉の料理も食べられるお店が増えてまいりました。これが意外においしいのですよね。

卵のほうは、作中の二人には悪いのですが、はっきり言ってあまりおいしいとは思えませんでした。なのに肉はさっぱりしていて臭みもなく、焼き肉にしてもハンバーグにしても、美味なんです。しかもあの大きさですから、肉はたっぷり採れるでしょう。

まさに鳥の王様といった感じですが、実物をよく見ると、つぶらな可愛い目をしていたりするので、食べている時に少しだけれど心が痛んだりします。好奇心も旺盛な鳥らしく、すぐに近づいてくるのはいいのですが、何を勘違いしたのか、いきなり威嚇されたりしまして、可愛いんだか怖いんだか分からない、コワイイ鳥でした。

イラストお願いいたしました、ひたき様。天使な麗しい刑事と、クールで凛々しい検事をありがとうございます。天使の羽が、とても美しかったのが眼福でございました。

担当様、いつもご迷惑掛けて申し訳ないです。お詫びにいつかダチョウ料理でも、ぜひご馳走したいところです。アフリカは無理でも、オーストラリアなら捕獲に行けるかもしれないので……捕まえたらご一報……いやいや、普通に日本で売ってますね。

そして読者様。作品の中の旅を、一緒に楽しんでいただけたなら幸いです。

それではまた、ガッシュ文庫で。

剛　しいら拝

アフリカのシーンにはカット指定が入らなかったので、ここで描いてみました。どうもありがとうございました！〔ひたき〕

KAIOHSHA ガッシュ文庫

その刑事、天使につき
（書き下ろし）

その刑事、天使につき
2010年9月10日初版第一刷発行

著　者■剛しいら
発行人■角谷　治
発行所■株式会社 海王社
〒102-8405
東京都千代田区一番町29-6
TEL.03(3222)5119(編集部)
TEL.03(3222)3744(出版営業部)
www.kaiohsha.com
印　刷■図書印刷株式会社
ISBN978-4-7964-0078-7

剛しいら先生・ひたき先生へのご感想・ファンレターは
〒102-8405 東京都千代田区一番町29-6
(株)海王社 ガッシュ文庫編集部気付でお送り下さい。

KAIOHSHA ガッシュ文庫

駆けだしの俳優・陽平のもとに、元俳優で大手映画会社社長の信敬がやってきた。大作出演予定の大物スターが行方不明なので代役を頼めないかとのこと。容姿がそのスターそっくりの陽平は、俳優時代の信敬に憧れを抱いていたこともあり彼の話を承諾するのだが…。

剛しいら
SHIIRA GOH
Wedding Rhapsody
思い出狂想曲
「俺と結婚式
あげちゃいませんか？」
小山田あみ
Illustration:AMI OYAMADA
イベントプランナー会社に再就職を果たした丈太郎。家賃を払う金もなかった丈太郎は、親切な若社長・森山績からの申し出で同居を始めることに。績の優しさに惚れ込んでしまう丈太郎だが、過去の痛手から恋愛に踏み出せない…！　男28歳、今押さずにいつ攻める!?

ガッシュ文庫

小説原稿募集のおしらせ

ガッシュ文庫では、小説作家を募集しています。
プロ・アマ問わず、やる気のある方のエンターテインメント作品を
お待ちしております！

応募の決まり

[応募資格]

商業誌未発表のオリジナルボーイズラブ作品であれば制限はありません。
他社でデビューしている方でもＯＫです。

[枚数・書式]

40字×30行で30枚以上40枚以内。手書き・感熱紙は不可です。
原稿はすべて縦書きにして下さい。また本文の前に800字以内で、
作品の内容が最後まで分かるあらすじをつけて下さい。

[注意]

・原稿はクリップなどで右上を綴じ、各ページに通し番号を入れて下さい。
また、次の事項を１枚目に明記して下さい。

タイトル、総枚数、投稿日、ペンネーム、本名、住所、電話番号、職業・学校名、年齢、投稿・受賞歴（※商業誌で作品を発表した経験のある方は、その旨を書き添えて下さい）

・他社へ投稿されて、まだ評価の出ていない作品の応募（二重投稿）はお断りします。

・原稿は返却いたしませんので、必要な方はコピーをとって下さい。

・締め切りは特別に定めません。採用の方にのみ、３カ月以内に編集部から連絡を差し上げます。また、有望な方には担当がつき、デビューまでご指導いたします。

・原則として批評文はお送りいたしません。

・選考についての電話でのお問い合わせは受付できませんので、ご遠慮下さい。

※応募された方の個人情報は厳重に管理し、本企画遂行以外の目的に利用することはありません。

宛先

〒102−8405　東京都千代田区一番町29−6
株式会社 海王社　ガッシュ文庫編集部　小説募集係